THE STORY OF THE E-COMMERCE VILLAGE

电商村的故事

李亮□著

南方日报出版社
NANFANG DAILY PRESS
中国·广州

图书在版编目（CIP）数据

电商村的故事 / 李亮著. -- 广州 : 南方日报出版社, 2024.11.
ISBN 978-7-5491-2909-6
Ⅰ. 247.5
中国国家版本馆CIP数据核字第20240AZ370号

DIANSHANGCUN DE GUSHI
电商村的故事

著　　者： 李　亮
出版发行： 南方日报出版社
地　　址： 广州市广州大道中289号
出 版 人： 周山丹
图书策划： 周山丹　方　明
责任编辑： 方　明　曹　星
装帧设计： 肖晓文
责任校对： 熊丽思
责任技编： 王　兰
经　　销： 全国新华书店
印　　刷： 广州市尚铭印刷股份有限公司
成品尺寸： 165 mm×235 mm
印　　张： 12.5
字　　数： 151千字
版　　次： 2024年11月第1版
印　　次： 2024年11月第1次印刷
定　　价： 56.00元

投稿热线：（020）87360640　　读者热线：（020）87363865
发现印装质量问题，影响阅读，请与承印厂联系调换。

序

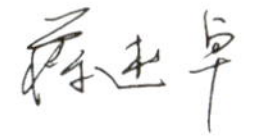

在如期打赢脱贫攻坚战，完成全面建成小康社会的历史任务后，我国又开启了乡村振兴的伟大历史新征程。党中央提出，到2035年，乡村振兴取得决定性进展，基本实现农业农村现代化；到2050年，乡村全面振兴，农业强、农村美、农民富的目标全面实现。这些目标的设立，鼓舞人心，催人奋进。

在国家发展日新月异、社会进步气象万千的过程中，广大作家总能以高度的文化自信和锐意进取的创新精神，不断书写时代精神，攀登文学高峰。正如习近平总书记所指出的：“古今中外，文艺无不遵循这样一条规律：因时而兴，乘势而变，随时代而行，与时代同频共振。在人类发展的每一个重大历史关头，文艺都能发时代之先声、开社会之先风、启智慧之先河，成为时代变迁和社会变革的先导。”文艺的核心要旨和崇高使命，永远都在于表现生活、反映时代、描绘社会的本质，把人民的冷暖和幸福放在心中，把人民的喜怒哀乐倾注在自己的笔端，以求通过典型化的艺术途径而讴歌奋斗的人生历程，塑造光鲜的人物形象。通过审美途径而以艺术的方式表现人民、服务人民、歌颂人民、鼓舞人民，在使人民不断得到充实和提高的同时，更赋予人民以创造的激情与文明的粹质。

乡村振兴无疑是现在和未来一段时期文学创作的关注点，正如脱贫摘帽曾是一段时期文学创作的关注点一样。长篇小说《电商村的故事》的作者敏感而准确地把握了时代脉搏，把乡村振兴纳入文学视野之中，立足新时代发展战略，生动刻画主人公的正面形象，讲述基层人物积极投身决战脱贫攻坚、推进乡村振兴的伟大事业的故事，反映时代气象，奏响主旋律，弘扬正能量。

这部作品取材于广东多个闻名的“电商村”的发展故事，通过主人公任文天的视角，向我们展示了一段关于青春、梦想与奉献的传奇。任文天，一个有着远大理想和坚定信念的年轻人，主动前往偏远农村长平村挂职。他带着对乡村的深情和对未来的憧憬，团结了一批同样充满热情的年轻大学毕业生，共同投身于乡村振兴的大潮中。在互联网思维的引领下，任文天和他的团队用创新的理念和务实的行动，“武装”了长平村的村民。他们教会村民如何利用电商平台，将乡村的优质农产品销往全国乃至全世界。在这个过程中，不仅乡村的实体经济得到了快速发展，更重要的是，村民们的思想观念和生活方式也发生了深刻的变化。

《电商村的故事》不仅仅是一部关于农村电商发展的小说，更是一曲乡村振兴的壮丽赞歌。在这部作品中，我们看到了年轻人的担当和奉献，看到了乡村的潜力和希望，更看到了在互联网时代背景下，乡村与城市、传统与现代之间的和谐共生。作者以细腻的笔触和深情的笔墨，刻画了一个个鲜活的人物形象，他们的故事和经历让我们深感共鸣。同时，作者也巧妙地将广东地区的文化特色和地域风情融入其中，使得这部小说不仅具有鲜明的时代特色，更散发着浓郁的地域魅力。

作者长期在广东生活和工作，见证了改革开放、粤港澳大湾区建设给广东发展带来的日新月异的变化，感受到了电商产业在广东乃至全国全面推进乡村振兴方面的强大助力。

他独辟蹊径，从广东多个闻名的“电商村”的发展故事中取材，抒写了新时代广东对新发展理念的生动实践，选材具有鲜明的特色和时代感，同时给人在新时代积极奋发的感召力。作者把亿万农民追求幸福生活的生动故事艺术地记录下来，本身也是对乡村振兴的贡献。

《电商村的故事》是一部充满正能量和感染力的作品，入选了2024年广东省文艺精品（文艺人才）扶持项目。这部作品告诉我们，乡村振兴不仅仅是一项政策或任务，更是让每一个有志青年可以实现梦想和价值的舞台。在这类小说的引领下，我们相信会有更多的人投身于乡村振兴的伟大事业中，共同打造出更多的“长平样板”。

愿这部小说能够激发更多人的共鸣和思考，愿乡村振兴的宏伟蓝图在我们的共同努力下早日实现。

是为序。

（序作者蒋述卓系广东省作家协会主席，文学博士，暨南大学中文系二级教授、文艺学专业博士生导师）

目录

01 梦想

任文天是一个非常精明又刻苦的人，还未到35岁已经是单位的骨干，按照别人的说法，这叫青年才俊，还有大好的前程。

这天恰好是立春，春节刚刚过完，大家依然沉浸在节日的氛围里，还没有完全适应上班的节奏，可是任文天却起得很早。或许他穿衣服的动作有些大，吵醒了还在睡梦中的妻子。妻子睁开蒙眬的睡眼，看见任文天已经起来了，以为在做梦呢。她揉了揉眼睛，没错啊，是丈夫醒来了啊。

任文天微笑着看着妻子，说道："今天早上我给你们做早餐。"

妻子以为自己出现了幻听，一向只顾工作不怎么顾及家庭的任文天今儿唱的是哪出啊，怎么还有这般闲情逸致做早餐给他们母子吃呢？太阳这会儿是从西边升起的吧。任文天看出了妻子的疑惑，走到床头，给了妻子一个深情的吻。妻子赶紧推开了他："去去去，没刷牙，一嘴的臭气。"

任文天笑了，然后走出了卧室，走进了厨房。只听见厨房叮叮当当地响起了做早餐的节奏。

妻子一直看着任文天远去的背影，不知道他今天这是中了什么邪，整个人完全不对。他们本是高中同学，又是大学同学，毕业之后一起回到了原籍地，随后便领了结婚证。这么多年来妻子对自己的丈夫还是很了解的，要不是做错了事，或者有什么开心的事，他一般都不会像今天这么高兴主动去厨房做早餐的。

丈夫遇到了开心的事吗？这段时间以来，丈夫一直紧锁眉头，焦虑上身，哪儿来的开心的事情呢？那就一定是做错了事。可是做错了什么事情呢？妻子思来想去，昨晚上这任文天不是去聚会了吗？难道是在聚会时做了对不起她的事情，而今早上来赔罪？想到这儿，妻子醋意很浓，一下掀开被子，一股脑爬了起来，冲向厨房准备问个清楚。

妻子走到厨房门口，嗓门子提高了不少，问道："任文天，你给我说清楚，是不是昨晚做了什么对不起我的事情，今早上你准备个早餐就算赔罪——"

任文天赶紧走到妻子面前，用手堵住了妻子的嘴巴，小声说道："别这么大声，吵醒了孩子。"

妻子甩开任文天的手，说道："害怕孩子听到吗？"

任文天看着有些幼稚可爱的妻子真是哭笑不得，打从他们认识到结婚，到现在，也有十几年了，妻子总是这么可爱任性。不过任文天非常爱妻子这点。对于任文天来说，女性总该任性一些，任性是婚姻的调节剂，如果不这样的话，婚姻就会像一潭死水，没有活力。

任文天只是笑笑，没说什么话。笑是任文天一贯的表情。

妻子有些急了，双手叉腰，说道："你不说就代表确实做了对不起我的事情，快说，到底做了什么，让你乐成这样？"

任文天也是服了这刁蛮的妻子，这么多年来，妻子一直没有改掉自己的脾性，还和刚刚恋爱的时候保持一致。以前他还在人前夸过妻子这点，他说他做的唯一自豪的事情就是没有改变妻子的习性，让她一直保留着十八岁的善良纯真和孩子气。

他又露出标志性的微笑，一边煮面，一边说道：“我终于可以实现自己的梦想了！”

“梦想？”妻子有些恍然，问道，“莫非你们单位同意让你去长平村当村支书了？”

任文天点点头，说道：“今天就要去报到了。乡村可是广阔平台，我想在那里可以实现我的人生价值。”

妻子突然懵了，半天没说话。

眼看不对，任文天放下手里的活，走到妻子面前，安慰道：“我知道你担心我辛苦，不过现在城市和农村又有什么两样呢？如果有什么急事，我还是可以很快赶回来的。”

以前以为丈夫只是随便说说，当时妻子也没当真，这回从丈夫嘴里得到了肯定的答案，一时半会让她很难相信。

“只是这段时间家里的事情要辛苦你了。”任文天也不

知道该怎么安慰妻子，妻子默默点头，然后回到了房间，帮丈夫收拾一些生活必需品。任文天很是欣慰。

有句古话叫作“雷打立春节，惊蛰雨不歇”。今日立春，昨晚不仅打了雷，也下了雨，雷雨浇灌了整个长平村，长平村看起来比以往更加清新，更加明澈。

这天，长平村委也接到了上级的通知，说是新任村支书今天就会来报到。村里两位干部曾晓静和华娜听到这个消息既开心又紧张，开心的是长平村终于有书记了，紧张的是没有给她们一点准备的时间。

“现在从中央到地方都提倡勤俭节约，准备什么啊准备。”说话的恰是长平村村委会主任李国强。

要说起李国强这人也很有意思，他其实是上任长平村的村支书，去年年底他被撤了职，但是镇里念他这么多年没有功劳也有苦劳，依然给了他机会继续参加竞选，被选为村委会主任，未来协助新任村支书搞好长平村的日常工作。

因为此事，李国强从去年年底到现在一直郁郁寡欢，春节也没好好过，天天躲在家里，好像做了什么见不得人的事情。他的妻子见他这么消沉，并未责备他，却一直鼓励他以后还有机会重新上去。

李国强当然感谢妻子对自己的安慰和鼓励，这么多年来，不管条件好与坏，不管他老李是升还是降，妻子也一直在他的身边不离不弃。明眼人都知道，这妻子是一位伟大的贤内助。他老李也时常暗自庆幸，上辈子是积了什么德，会有这么好的一位妻子在他身边。

“只要我们家老李问心无愧就好。”妻子说。

李国强握着妻子的手，微微一笑，告诉她，这一切都会过去的，只要有她在，他就拥有全世界。妻子时常会被老李这些不着边际的话逗笑。

想起妻子的笑，李国强心里好受了些，抓起大衣，正准备离开村委会回家，管他今天谁来，他都不想见。可没想到这会儿任文天却独自开着车到了村委会门口。

“主任，您还真是未卜先知啊，知道有人要来，您这也太积极了吧。”华娜二十多岁，去年刚刚踏出大学的门，一边打趣，一边与曾晓静一同出了办公室，但他们没想到来人正是任文天。

“任书记，您说您，来了也不提前招呼一声，我们好去迎接您。”曾晓静有一个能力，就算从未见过这人，她也能通过对方的特征在刹那间判断他是谁。说着，曾晓静上前迎接任文天。任文天倒也很客气，问道：“你认识我？”

“哈哈——”曾晓静哈哈大笑道，“这可是秘密。”

任文天当即对曾晓静识人认人的本事大为欣赏，虽然这长平村落后，可是这村委会内部似乎大有人才，这让他对以后的工作抱有很大的信心。

“都是平常的工作，还有什么好迎接的呢？”眼看李国强站在门口，任文天伸出双手向他走了过去，“李主任，您好您好！”

李国强见这任文天居然比照片上看起来还要年轻，心里生了疙瘩，非常不情愿地与任文天握了握手，硬生生挤出一丝笑意，说道：“不敢当，不敢当，辛苦书记了。”

“我初来乍到，您是老领导，以后还希望您和其他同事多支持、多担待。”任文天客套道。

“您这是哪里的话啊，我们都是粗人，您这可是从市里直接派下来的，有文化，有经验，一定可以带领我们长平村走向繁荣富裕。”李国强说道。

“谢谢。”任文天说，“既然大家都在，不如我们现在就先开个会吧。”

“啊？”三人大吃一惊。曾晓静问道：“任书记，您刚来不要休息一下吗？”

“今天可是立春，一年之计在于春嘛，我看还是先开会部署一下工作吧。”任文天说道。

这让李国强很诧异，没想到这年轻人做事这么积极。曾晓静正要去打开会议室的门，任文天指着走廊最里面那间门上贴着“书记办公室”门牌的房间，问道：“那间是我的办公室吗？”

“哦，对对对。”曾晓静一边看着任文天，一边说道，“知道您会来，我们前几天就已经收拾干净了。”

“那直接到我办公室开会吧。”任文天自来熟，非常讲究效率，虽然从未踏入过这间办公室，但似乎早已对此了如指掌。这让李国强的额头冒出了冷汗。

“哦，好。”曾晓静和华娜不再迟疑，跟在任文天后面走进了书记办公室。书记办公室虽然有段时间没人坐镇了，但是华娜每一天都会进去打扫，里面干干净净，整整洁洁，为的就是迎接新任书记的到来。这让任文天很是感动，正如他所预料的那样，这间办公室似乎正在等着他。

任文天可没什么官架子，和大家围坐在茶几旁，开门见山地说道：“现在国家大力实施乡村振兴战略，努力实现共同富裕，而我来长平村就为这件事，就是要和你们一起教会大家致富的手段，毕竟授人以鱼不如授人以渔啊。”

“那么怎样授人以渔呢？”李国强问。

“在到长平村之前，我已经对长平村调研过了。长平村的经济虽然一直处在一个落后的状态，可是农副产品很丰富，如果我们村委带头创建一个电商服务基地，培训村民们自己使用互联网卖货，就可以解决老百姓的就业和创收问题。”任文天说。

“可是我们村除了外出打工的年轻人，留下来的很多人都没怎么念过书，人家压根不会用电脑和智能手机，这怎么办呢？况且也不是每家每户都买得起电脑、智能手机，牵得起网线来做这些啊。”华娜说出了实际问题。

“这个问题非常实际，不过我也想好了，针对这批村民我们会在村委会开设平台，将他们的货全部上架我们的自有平台，卖出去的，我们可以拿出大部分利润与村民分红。”任文天倒也考虑周全，继续说道，“如果我们可以集中优势打造我们长平村自有的特色电商平台，将来就可以打造我们长平村自有的特色品牌，从而带动长平村的旅游业发展。这样一来，不仅实现了大家的共同富裕，同时也并没有对环境造成不好的影响，我们既要金山银山，也要绿水青山。”

“太好了。”曾晓静笑着说，“这么一来，不仅服务到了那些想自己创业的村民，也服务到了那些特别困难的群众，一举两得。”

“有你这样的认识，我们做什么都容易多了。”任文天也很兴奋，果然没看错曾晓静。

“既然书记已经定下了我们长平村未来的发展基调，那么您接下来准备怎么做呢？”李国强问道。

“第一步，我们组建长平村自己的电商服务基地。”任文天说道。

“在哪里建？”李国强问。

“在我们村委会这栋楼里腾出几间大房间就好了。”任文天说道。

“这是不是不太好，要先向镇里汇报吧？”李国强心存疑虑。

“这件事大家就不用操心了，在此之前我已经跟镇里有过沟通，镇里说让我大胆去做，只要不违背原则，其他的都没问题。”任文天说道。

“这就太好了，您可真是年轻有为啊。”李国强赞叹道。

“客气了。”任文天微笑着看着这位搭档。

任文天是一个执行力很强的人，会议最后定下了五天之后邀请市里和镇里的领导一同参加长平村电商服务基地的开业仪式。没想到新任村支书的阵仗这么大，这让曾晓静和华娜很是兴奋，也让李国强心生羞愧。可是李国强怎么会这么容易就示弱呢？他又说道：“开业那天想必很隆重，我有一个请求，不知道书记能不能答应。”

“您请说。”任文天说道。

“我们镇上有一个青山纺织品制造工厂，不要说在镇里，就算在市里也是小有名气的，他们的老板是肖青山，正好我跟他以前是战友。我就在想啊，开业那天能不能邀请他也来参加呢？”李国强问道。

“那当然非常好啊，如果有本地企业家的大力支持，我们的工作肯定会更加顺利。”任文天拍了拍李国强的手臂。

“那就这么定了，晚上我会跟肖青山说明情况，到时候一定邀请他过来参加我们这个开业仪式。”李国强琢磨着，到时候就要借助肖青山的威风来压一压任文天的气势，让他知道自己的厉害。可任文天并不知道李国强心里的“小九九”，满心期待。

会议结束后，任文天当即安排了大家这五天的工作，并且亲自带头对村委这栋大楼进行了一番打扫和整理，曾晓静也发挥了她的能力，号召了几位村民过来一起帮忙，挂红灯笼的挂红灯笼，贴彩条的贴彩条，摆桌椅的摆桌椅，搭台子的搭台子，每个人都忙碌着，让这栋旧楼焕发了新的光彩。

开业仪式那天，市里和镇里的主要领导准时来助阵，同时，任文天还运用他在传媒界的影响力，邀请了省市两级电视台、报社、门户网站主要负责人一起前来参加。当然肖青山也在镇领导和李国强的邀请下来到了仪式现场。

长平村的村民们还从未见过这么大的场面，不用吆喝，大家都围在村委会的门口，这可比过春节还要热闹。

迎着欢快的音乐，曾晓静在任文天的鼓励下客串了主持人，她在舞台上大声宣布：“我宣布，长平村电商服务基地今天正式开业。”场下掌声雷动。

舞台右边，任文天迎着市委、镇委和各媒体有关领导依次登台。首先由市委常委、宣传部部长代表市委表达了对长平村的关切，并表示一定会大力支持长平村的发展。接着镇委书记表示不会辜负市委领导的关怀，将勇往直前，开拓创新，打造出长平村特有的电子商务模式，成为全市乃至全省的楷模。

场下十分振奋，又响起一片掌声。

开业仪式很快结束了，送完各位领导后，也快到十一点了，肖青山和李国强也走出了会场，他们装作没看到任文天，径直走向停靠在一旁的小车。任文天小跑过去，跟肖青山打招呼："肖总，今天太忙了，真是招待不周。"

肖青山听到任文天的话，停下了脚步，脸上似乎并没有多少表情，假笑一声："书记客气了。"

"要不留下来吃个便饭？咱们聊聊以后怎么合作的事？"任文天尝试性问道。

"呵。"肖青山冷笑一声，并没有回答，与李国强寒暄了两句之后开车走了。

望着肖青山远去，任文天有些疑惑，自己并未得罪肖青山，怎么他好像很不高兴呢？

他还没想明白，这时候曾晓静从他身后走了过来，看着任文天说："吃了闭门羹吧？"

任文天没说话。

"肖总与咱李主任可是战友，李主任之前不是咱村书记吗，他能不记恨你吗？"曾晓静小声说道。

"可这能怪到我头上来吗？"任文天虽然这么说，可他心里比谁都清楚这里面的事情，琢磨着改天要与李国强好好聊聊。

"接下来我们该干什么呢？"曾晓静问。

"这几天大家都挺辛苦，今天下班后早点回家休息，明天自有好事。"任文天卖了一个关子。

第二天，全市主要媒体都在报道长平村发展乡村电子商务的新闻，这个话题也在人群中议论开了。而任文天趁热打铁，准备在全市推出招聘活动。

02 招聘

电商服务基地的招聘启事一经推出，村委会门口一大早就聚集了很多前来了解更多信息的村民，办公室的电话也被打爆了，咨询的人非常多。面对这种情况，任文天自然很高兴，说明前期的宣传工作没白做。

这份招聘启事就像长了翅膀的猪，伴随着政策的春风飞出了长平村，飞过了市区，飞进了省城的大学，飞到了王兴的宿舍。

王兴的宿舍是四个人住，那会儿王兴还没有回来，其他三个室友都在焦虑地浏览各大招聘网站，他们都希望在今年七月毕业之前找到一份好工作，这样才有心情去毕业旅行。

他们疯狂地寻找，希望找到符合自己心理定位的工作和岗位，但是这就像大海捞针，茫然中没有任何线索。

“唉。”甲同学叹了一口气，“你说我们这学电子商务的，该找什么样的工作啊？”

“我看我们也只能去直播带货了。”乙同学一边打游戏一边瞄了瞄招聘启事。

“我看你适合去做游戏编程，也许你能开发出一款很牛的游戏，然后风投给你几百万美刀（指美元，美元的英文是

dollar，其第一个音节发音近似中文的“刀”，故得此名），你就实现了人生的逆袭。”丙同学一边浏览招聘网站，一边看综艺节目，时不时笑出声来。

“得了吧，我觉得最适合我的职业应该是游戏超级体验用户，任何一款游戏刚刚推出，人家游戏公司就得找我去体验一下，我像一个大佬一样玩了一会儿，然后对这款游戏挑三拣四，这不行，那不行，都得重新设计。哈哈，这个职业我才喜欢呢！”乙同学幻想着。

“你就做你的白日梦吧。”甲同学不屑一顾。

“不过说点儿正经的，你说咱们学了四年电子商务到底能干啥呢？”丙同学一脸忧伤。

“你觉得自从你踏入这所学校学了电子商务之后有什么改变呢？”甲同学放下手里的活看着一脸茫然的丙同学问道。

“说到改变，这还得从我当初为什么选择电子商务说起。”丙同学说。

“别磨磨唧唧的了。”乙同学说道，“赶紧说吧你。”

“因为我本身是一个不爱讲话的人，后来我父亲建议我学一个技术型的专业可能更符合我的性格，因为技术型的只要做事就行，不需要讲太多话。我本来是想学编程专业的，但后来发现人不可能一辈子编程，并且在我脑子里我还想做生意，看到‘电子商务’后面的‘商务’两个字，我觉得这个专业不错，在心理上很符合我的预期。”丙同学说。

“那么现在呢？”甲同学问。

“到了现在，我也确实学会了怎么建网站，怎么处理图片，但要说很懂商务，还是有点自欺欺人。”丙同学说。

“我觉得你的方向已经确定了。”甲同学分析说，“你就去应聘网站管理员好了。”

“切，我才不去做什么网站管理员，什么网站编辑，什么社区大BOSS。”丙同学盯着招聘网说。

“那你怎么打算？”甲同学继续问。

“我想自己设计一个网站，开一个网上商城，配合目前最火的直播带货。”丙同学说。

“那你卖什么呢？”甲同学问。“国际代购。”丙同学说。

乙同学又笑了，说道：“就是那些女生喜欢做的代购吗？经常在朋友圈转发的那种？哈哈，你居然去抢女孩子的饭碗。”

这时，宿舍门突然打开了，原来是王兴抱着一个篮球从操场上回来了。

“你们在讨论什么呢？”王兴把篮球放下，然后走进卫生间洗手。

“我们在讨论学了这电子商务能干什么。”甲同学说。

“这还不简单，可以去网吧做网管啊。”王兴打趣说。

“可是网管也只是用到电子商务里面的‘电子’专业啊，跟‘商务’有啥关系？”乙同学跟着打趣。

“再兼职收银啊，不就是电子商务了吗！”王兴开的这个玩笑让在场的另外三个人哄然大笑。

“哈哈，王兴，就你最贼。”甲同学笑得前俯后仰。

王兴倒是学着乔丹，做了一个耸肩的动作，说道：“这算什么，我还有更好玩的呢！”

“哦，对了，王兴，你毕业准备去哪儿工作？”乙同学问。

“呵，我可没你们这么大志向，我还是回老家种地好了。”王兴说。

“切，作为我们电子商务系最出名的才子，你愿意窝在你们长平村孤独寂寞一辈子吗？”丙同学不相信。

“这叫人各有志。”王兴说。

“可是你回长平村又干吗呢？”甲同学提出一个最现实的问题，“能用上你在学校四年学到的电子商务专业知识吗？”

能不能发挥自己的专业特长？这要看自己的了。不过王兴一定会回去的，他早在四年前上大学的时候就已经打定了主意，一定要回去帮母亲打理自己家里的那家米粉加工厂。

四年前，也就是他高考的那一年，他以全县第一的成绩考上了省城这所综合型大学，全家都很高兴。可是乐极生悲，他父亲在一次去乡下送米粉的途中发生了交通事故，从悬崖上摔了下去，车毁人亡。他是他们家的独子，现如今只剩下母亲一个人苦苦支撑着他们家那间不大的米粉厂，说什么他都不想让母亲一个人太过于劳累，已经失去了父亲，他真的不希望母亲再出什么事情了。

在他毕业后回家就业这件事情上，母亲曾经也跟儿子讨论过，母亲说：“如果你是因为母亲一个人忙不过来而一定要待在长平村，那做母亲的也就对不起自己的孩子。”

可是王兴说什么也要回来，帮助母亲打理这间小厂，并且要做强做大。

母亲有些不高兴：“难道我花了一辈子心血培养你，你就这么没出息地回到长平村？你看看别人，哪个不是在外面闯荡？一个年轻人没有在外面吃过苦，哪里会长大呢？”

母亲永远希望自己的孩子飞得更远，这一点王兴自然是明白的。更何况他们长平村也有一个不好的风气——一个上过大学的人就不应该回到自己的家乡，就一定要在省城或者外省过上很好的生活，村民对那些回长平村的大学生的看法非常不好，认为他们都是混不好的人，心里也极为鄙视他们。

“你们快看，快看！”这时候甲同学好像突然在招聘网页上找到了金子，三个人一齐凑了过去。甲同学说：“你们看，长平村居然在招聘，居然招的就是电子商务专业的。岗位还挺多的。”

“恭喜啊，哥们！”丙同学深情地握住了王兴的手，说道，“这回我相信你回去之后有用武之地了。”

但是王兴对此一点也不感冒，说实话，就算没有这个招聘他也知道自己该怎么做。其实他早就想好了，那就是用自己的专业知识，为自家的米粉打造一个响亮的品牌，通过互联网向世界传播。

“不过我还是有很多疑虑。”丙同学说，“你要真的回去了，你女朋友愿意跟你一起回去吗？还是说你们已经看过了《大话西游》，要唱一曲《一生所爱》，浪漫分手？”

丙同学的话像一把冰锥子刺进了王兴的胸口，其实大家都不知道他的女朋友和他是同一个镇的。他们是初中同学、高中同学，然后一起考入了这所大学，这四年来他们都很低调，很少外人知道他们的关系。

他女朋友名叫肖潇，是个独立自强的女孩子，当她踏入这所大学的时候，她就决定以后都不再回到那个穷乡僻壤。她曾说过，如果一定要回去，那一定要到功成名就的时候，让镇上所有的人都知道她肖潇到底有多厉害。

刚才他还在跟肖潇一起讨论未来，肖潇希望王兴一起留在省城，但是王兴不想，他说他一定要回家。

肖潇觉得王兴很窝囊，如果他执意要回去，那现在就分手。王兴点点头，然后肖潇转身就走了。

事实上，肖潇从来不知道王兴父亲去世的消息，她也不知道王兴为什么要回到长平村。但是王兴不想解释什么，因为有些人终归是要走的。可是多年的感情，怎么说走就走呢？于是他抱着篮球跑到操场，发泄自己的情绪。

“怎么了？王兴，又在发呆？”丙同学一直盯着发呆的王兴。

“哦，没什么，我得洗个澡了。”王兴以这种方式回绝了他们的纠缠，随手拿起搭在椅子上的短裤走进了浴室。可是想到就要和自己分手的女朋友，他的心情很糟糕，越洗身体却越软，力气好像一下子就被吸尘器全部吸走了似的。怎么回事？难道是刚才打球打累了还是感冒了？

十几分钟后，他毫无力气地从浴室里走了出来，这时正好被甲同学看到了。

“怎么了，王兴，你的脸色怎么这么苍白？”甲同学问。

“没什么。”王兴正准备穿衣服，可是他发现自己弯不下腰，且摇摇晃晃的，好像要跌倒了似的。

甲同学觉得不对劲，然后赶紧跑过来扶着王兴，没想到王兴全身发热，说道：“哎呀，你是不是生病了？”

甲同学摸了摸王兴的额头，王兴真的发烧了。

王兴没有回答就瘫软了身子。另两个室友赶紧过来为他穿好了衣服，甲同学背起他就朝医务室跑去，那两个同学也在两边小心扶着。

等王兴醒来的时候，他才发现自己正躺在医务室里吊着药水瓶，他想爬起来，却看见甲同学趴在自己身边睡着了。

患难时更知道室友的珍贵，眼前的一幕让他非常感动。感动之余，他又想起了女朋友，然后慌慌张张地找手机，可是不知道手机在哪儿，他把甲同学推醒了。甲同学睡眼惺忪，问道：“怎么了？”

“手机借我用一下。”王兴说道。

甲同学不知道王兴这是要干什么，马上掏出了手机。王兴一把夺过手机，拨出了那一串熟悉的号码，但是那边已经关机。王兴有点儿不服气，又拨了一遍，那边依然关机。他拨了不下十次，那边都是关机。

甲同学望着执拗得像头牛的王兴，笑着说：“怎么，对方不接电话？”

王兴故作镇静：“没。”

“迟早会吹的。”甲同学好像在很久之前就知道了这个结果似的。

“你怎么知道会吹？”王兴问。

“这还用说？！”甲同学好像是一个爱情专家，但并没有给王兴答案。

接下来的几天，王兴蒙着被子倒在床上睡得昏天暗地，好像等待着世界末日的到来。他越想越难受，七八年的感情，为什么说没就没了？这个世界还有没有真正的爱情？

宿舍其他三个小伙伴怎么忍心每天看着王兴这么颓废，一定要想个方法让王兴振作起来。他们一起商量了一下，就各自分头行动了。

甲同学从超市买来了几罐啤酒，乙同学买了一些熟食，丙同学带了几斤花生米，大家一起回到了宿舍。

“王兴，看哥几个给你带了什么。”乙同学刚进宿舍门就嚷嚷道。

王兴闻到了香味，从被子里面探出了脑袋，见他们几个已经把酒摆在了宿舍中间的桌子上。

“你看你有女朋友的时候，我们几个想找你喝酒都找不到，现在女朋友不理你了，正好你有时间陪陪我们哥几个了，赶紧下来，今晚上我们一醉方休。”甲同学说。

说起来，王兴也是真饿了，从被子里一骨碌爬了出来，跳下了床。

丙同学已经打开了易拉罐，递给了王兴。王兴什么也没说，就咕噜咕噜一口气全喝了。

三个人看着王兴，傻了眼，说道："你当这是矿泉水啊？！"

王兴忍不住打了一个嗝，把空易拉罐放到桌子上，说道："这酒真好喝。"

三个人你看看我，我看看你，然后一起为王兴的酒量鼓起了掌。

"甩开膀子喝，喝完了我们再让旁边士多店老板送。"王兴一股子酒气，又从塑料袋里拿出一罐，开启，举高，说道："小伙伴们，为我们能够住在一个宿舍的缘分干一杯！"

三个人被王兴的情绪感染了，一起高高举起易拉罐，喊道："为缘分走一个！"

大家这一次全部一口气干了。

王兴喝得多，有点儿上头了，说："兄弟们，似乎离别才知道你们有多珍贵，我想有时候这时间过得太快，快得也没让我为大家做点儿什么。时至今日想起来有些后悔。"

说着说着，王兴双眼通红："我知道我是多么自私，以前有女朋友的时候时常把你们忽略，当我失恋的时候，又是你们陪在我身边……我想我为什么有这么好的运气，有你们这帮室友呢？"

甲同学快要被王兴带哭了，说道："好了好了，你知道就好了，什么也不说了，都在酒里。"

然后他们又走了一个。

那一天晚上他们说了很多话，大概都是毕业之后大家都不要忘记了彼此，不管混得好不好，都要时常联系。说起这些，真的伤感，好像“毕业”就是伤感的代名词。

第二天，他们起来得很晚，起来的时候整个宿舍都充斥着酒味和熟食的味道。然后他们一起收拾了一下，中午又一起出去聚了一餐。到了下午，王兴说要回去了。

三个小伙伴不知道王兴说的回去是去哪里。王兴说要回长平村了。

“为什么这么快就要走呢？为什么不等到七月毕业呢？我们还可以在一起多玩一会儿。”丙同学说。

“有一件事情我必须去办，并且越快越好。”王兴说。

“什么事情啊？”乙同学问。

王兴卖了一个关子，说：“如果这件事情做成功，我会邀请你们来我们家乡长平村做客的，到时候你们一定会大吃一惊的。”

三个小伙伴还想问王兴是不是有什么大的计划，但是王兴一直守口如瓶。不过看着王兴似乎已经走出了失恋的阴影，他们也挺为王兴感到高兴。

他们一起为王兴送行，说道：“记住，不管以后发生什么事都要保持联系。”王兴点点头，踏上了返乡的火车。

王兴回到长平村，已经快到晚上了。母亲很诧异，怎么刚出去没几天就回来了。

王兴把行李箱往家里一放，说：“妈，我找到了一条非常好的出路。”

“哦，是吗？”母亲半信半疑。

“您听说过长平村电商服务基地吗？”王兴问母亲。

“听过，前几天他们刚刚成立的，当时排场还挺大，好像很多领导也来了。”母亲说。

“那您对那里的印象怎么样啊？”王兴问。

“不怎么样，感觉像是忽悠人的。”母亲回答。

“您觉得他们哪儿忽悠人呢？”王兴问。

“哟，这可别问你妈，你妈可不是什么高级知识分子，听不懂那个什么电什么商，反正感觉挺悬的，什么共同致富，增加老百姓收入，还有什么分红……你要想想啊，这个世界上哪里有那么好的事情呢？”母亲一边说一边摇头，“前几天，有一个女的，说是村委的，也是电商基地的，专程跑到我们这小厂，说是给我们建立什么网站，然后替我们卖米粉，还说可以增加多少多少利润，还不收钱呢，我听着就像是骗人的。”

“是长平村电商服务基地吗？”王兴问。

“忘记了是个什么电商服务基地，反正是一个女的。”母亲回答。

“那他们骗了您什么呢？”王兴问。

“这个嘛，我也不清楚，但是你妈活了这么长时间，做人有一个信条——天下没有免费的午餐。”母亲也说不清到底骗她什么。

“也许您真的错过了一个很好的机会。”王兴自言自语。

不过母亲似乎并没有听到，反而一再提醒儿子：“哦，对了，你还没毕业，涉世不深，可千万不要去听信他们的鬼话，据说他们洗脑很厉害，我害怕他们是搞传销的，如果是搞传销的，那就太危险了。”

母亲的这句话王兴非常不爱听，说得好像做电子商务的就一定会跟搞传销的结合在一起似的。他搪塞道：“好了，妈，我有点儿累了，先睡了。”

03 第一次见面

同样在这天晚上，另一边的任文天也是焦头烂额，招聘启事一经推出，虽然来咨询的人多，可是应聘者寥寥无几。任文天哭笑不得，乡村电商大事业需要更多人参与，可如今只有他们四个人怎么做得过来？

然而也就在这个时候，他的手机响了，原来是镇长打来的电话。镇长是任文天的学长，他们之间的渊源可就太深了。任文天接了电话，听出镇长那边似乎有些焦急。

“镇长，喝酒了吗？”任文天开了一个玩笑。

“学弟可真会开玩笑。”那边的镇长苦笑一声，“现在哪里还有心情喝酒啊，领导都快急疯了。”

“怎么了？”任文天问。

“能有什么事情呢，领导让我来问问你们这边现在进展得怎么样了。”镇长说。

“目前进展很顺利，招聘都在进行，这几天我们正在积极寻找本地的特色农副产品，也正努力与本地几个比较有名的工厂、作坊洽谈合作。这些工作都在积极推进，自有农副产品品牌也正在策划筹备阶段。”任文大向镇长汇报。

“好不容易立了一个靠谱的项目，领导觉得你们现在进度太慢了，能不能加快？”镇长那边的声音听起来确实很着急。

“每件事情的发展都有一个过程，不能操之过急。”任文天说这话既是安慰学长，也是在安慰自己。他想到这段时间自己每天起早贪黑，东奔西走，到村民家中做思想工作，争取让村民有力的出力，有产品的出产品，确实一刻也没敢耽搁。

“话是这么说，但是领导目前对这块不是很满意，想必你也很清楚，如果还不尽快见到起色，那真的太说不过去了。我们的工作也很难，希望你们这边抓紧一点，尽快让领导们看到效果吧。”镇长说。

“这是必须的。”任文天回答。

“如果你们那边需要帮助，你一定要提出来，否则我也不知道该怎么帮助你。”镇长对这位学弟也是发自内心地支持。

“放心吧，镇长，既然我任文天做了这件事情，就一定会做好的。”任文天说。

镇长在那边点了点头，说道：“大家都抓紧吧。”

“一定会的。”任文天说。

“那好，有事随时沟通。”镇长说完就挂了电话。

任文天这才明白过来，原来他现在所做的这件事情好像被人全程监视了似的，镇领导对他们电商服务基地的工作进展了如指掌，这让他突然感到有些焦虑。

第二天一大早，王兴就醒了，可是母亲比他起得更早，已经做好了早餐。

王兴从锅里拿出了热腾腾的馒头，从窗户望见自己家那间老旧的米粉加工厂里，母亲正辛勤地与几个叔叔阿姨一起干着活儿，他心里很不是滋味，暗暗下了决心，自己的这项计划一定要赶紧实现，越快越好，这能为母亲分担一部分辛劳。

他吃完早餐之后，与母亲打了一声招呼就走了，骑着他的“小电驴”往长平村电商服务基地赶去。

原来，上次看完长平村电商服务基地的招聘启事之后，他就预感长平村要发生大事了。他在网上搜索了一下关于长平村的消息，果不其然，长平村目前正在全力发展乡村电子商务，要打造成全国乡村电子商务示范村。

看到这则消息，王兴非常兴奋，他觉得长平村真的很厉害，思维不老套，敢于改变自己。这更加坚定了他毕业后回归家乡的信念。而今天他来长平村电商服务基地的原因很简单，就是想把自家的米粉打造成长平村第一个电商品牌。

在学校的时候，他就想过自创一个网站，把自己家生产的“长平村米粉”放到网上去销售，但这样的成本相当高，包括网站建设、维护、更新、产品页设计等，如果他一个人

全权负责，这根本没这么多精力；如果还要请人，又有新的成本产生。后来正好看到长平村利好的发展方向，就决定去村委好好谈谈。

王兴刚走进基地就遇到了任文天。任文天见这陌生小伙子精气神十足，就主动走上前问："你是来应聘的吗？"

王兴并不认识任文天，微笑着回答说："不是。"

"那你是来干什么呢？"任文天继续问。

"我是长平村米粉加工厂老板的儿子，想来谈合作。"王兴说。

长平村米粉？任文天想起来了，长平村米粉厂虽然在长平村还是一个小作坊式的工厂，但是很有名，这个品牌有几十年的历史了，拥有一批忠实的消费者。不久前他曾派遣曾晓静与米粉厂老板洽谈合作，可是对方以为他们是搞传销的骗子，拒绝了。如今长平村米粉厂老板的儿子又找上门来了，应该是有好事吧。任文天见这小伙子谈吐不俗，颇有好感，于是将他带到了自己的办公室。

王兴跟着任文天到了书记办公室，这才知道他就是本村的村支书，不免有些紧张了。

任文天招呼王兴坐到沙发上，这会儿华娜端过来一杯热水。王兴赶紧起身道谢。

任文天把公文包放在办公桌上，然后走了过来，坐在王兴对面。

"本来应该泡茶的，但是这几天实在太忙，茶叶都喝完了还没来得及买回来。"任文天说。

王兴赶紧说："书记太客气了，让我受宠若惊。"

任文天笑了，说道："你为什么对电子商务这么感兴趣呢？"

“其实我在大学学的专业就是电子商务。”王兴说。

任文天兴致更浓了，说：“呵呵，是吗？我们的电商服务基地目前也正在招聘电子商务类人才呢！”

“我在学校的时候看到过你们的招聘启事。”王兴说。

“你还没毕业吗？”任文天问。

“是的。”王兴点点头。

“呵呵，年轻有为。”任文天忍不住赞美。

王兴倒也显得有些羞涩，说：“正是因为我看到了招聘启事，才特意关注了一下我们长平村近段时间的发展，没想到我年后刚去学校，到现在也不过半个来月的时间，长平村居然变化这么多。”

任文天笑了，说：“我看你对我们电商服务基地还是很关注的，不知道你有没有考虑过毕业后来我们电商服务基地上班，服务长平村的电子商务成长呢？”

“啊……”对于这个问题，王兴很惊讶，今天他来这里的主要目的是咨询如何通过电子商务将米粉卖得更好一些，于是被任文天的这个问题问倒了，一时间不知道怎样回答。

“你现在只知道我们电商服务基地的宏观战略，但对我们电商服务基地的本质还不是很了解，现在我就跟你详细介绍一下我们长平村电商服务基地到底是什么样的电商服务基地。”任文天好像在故意重复“电商服务基地”这个概念，好让面前这个年轻人更加入脑入心。

王兴果然非常有兴趣了解，欠了欠身子，把耳朵凑得更近了。

任文天说道：“我们长平村电商服务基地是基于一个怎样的背景成立的呢？在回答这个问题之前，首先我向你解释一下什么是乡村电商。我想这点你也深有感触，那就是我们这些穷乡僻壤里的小村庄在生产方式和消费水平上都很落后。农民一年辛辛苦苦种地，好不容易收获点粮食，但是拿到市场上去卖，根本卖不出好价格，赚不到多少钱，这些辛辛苦苦赚来的并不多的钱又要去购买其他产品，甚至很多是假冒伪劣产品，并且还不便宜。别以为生产了大量的农产品，就能赚很多钱。这些农产品最终可能因为没有一个很好的流通渠道而烂在地里，农民又白干了一年。对于以种地为生的农民来说，一年白干是毁灭性的打击。乡村电商就是在这种农产品不能有效流通到市场，而优质工业品不能有效到达农民手中的情况下诞生的。这是一个时代的趋势。

“而我们长平村电商服务基地就是一个类似于服务商的角色。我们现在只做五件事情：挖掘本地特色产品、培育本村网络销售大军、链接大平台、建设渠道、打造品牌。挖掘本地特色产品就是为了服务本地经济，将本地特色全部挖掘出来，全部实现产品电商化。产品电商化有助于产品走出长平村，走出我们省，走向全国乃至全世界。”

王兴越听越兴奋，他觉得很快可以解决自己的困惑了。

任文天非常有耐心，继续说：“那么当我们挖掘出了这么多产品之后，怎么销售呢？这就是我们在长平村要干的最关键也是最主要的事——将村民们用互联网思维武装起来，将他们培养成网络销售大军，这样不就解决了村民的就业和创收问题吗？不就实现了国家倡导的乡村振兴、共同富裕吗？对不对？”

王兴听得津津有味，只怪自己一直封闭在学校玩太多游戏了，根本不知道国家现在的战略高度在哪里，也不知道国家为实现乡村振兴和共同富裕所做出的努力。

“可是虽然互联网络很发达，流量很大，凭什么买家一定要到我们的电商店买东西呢？”王兴问。

任文天说：“这就需要我们专业的培育，我们在全国范围之内聘请了这方面的专家，形成我们长平村电商服务基地强大的顾问团队，他们将会在固定时间给我们的网军进行专业的培训，教导他们如何做得更好。”

王兴点点头，觉得长平村电商服务基地的方式非常好，他们不是自己去卖农产品，而是挖掘出特色农产品，让村民们变成网军，自己去销售。不过还有一点他还没理解，问：“可是就算挖掘出了好的农产品，也不见得在网上就能卖得好啊；就算卖得好，也不见得卖得了好价格，到时候赚的还是不多。”

“所以，这里就要有品牌建设，如果形成了品牌，这个品牌的所有产品就要实现标准化的经营管理、标准化的生产制作、标准化的包装推广。那么它就不再是很土的农产品，而是一件很精美的商品。精美的商品卖的不是商品本身，更有它的衍生价值，当你把它的衍生价值也一起打造出来，你就卖得起价，实现了农产品的溢价。”任文天回答。

王兴点点头，若有所思，因为想将自家的长平村米粉打造出来，他也曾经买过其他品牌的产品，买回来之后确实很好。想到这些，他对如何打造长平村米粉有了很大的把握，就是通过标准化的管理、标准化的设计、标准化的文案、标准化的包装来实现米粉的溢价。长平村米粉虽然是一个品牌，但是没有一套视觉识别系统，没有商标也没有文字介绍，之前连包装都没有，只用一个袋子装着，太土了，确实需要改变。

任文天突然叹了一口气，说：“可是服务长平村电商的发展，光靠我们这几个人哪里够呢？”

王兴为了鼓舞任文天的士气，说："您性格这么好，又是在做一件利村利民的事情，我想一定会有很多人愿意加入的。"

任文天看着王兴，笑了笑，说："呵呵，是的，为了解决招不到人的问题，我们将在长平村推出一项电子商务创业技能大赛，你可以制作网页，可以策划方案，可以设置版面，可以摄影，可以销售点子，可以组建自己的电子商务创业小分队，只要我们的专家认为你的创业想法可行，那就一定会资助你们。但前提是，创业小分队获奖之后一定要为长平村电子商务做出一定贡献。"

电子商务创业技能大赛正是这几天任文天想到的锦囊妙计，通过这个电子商务竞技平台，不仅能把特色产品拉进来，同时也能把自己需要的人才拉进来，这样一来，就达到了一箭双雕的目的。

王兴被任文天的想法打动了，问："那么电子商务创业技能大赛什么时候举行呢？"

"一个礼拜之内。"任文天说，"我们正在策划这件事情。"

"到时候我一定会参加的。"王兴表态。

"欢迎。"任文天说。

从长平村电商服务基地走出来之后，王兴感觉到全身充满了力量，在这穷乡僻壤，能遇到对电商事业这么痴迷的任文天也算是一种缘分。

接下来的几天，王兴一边等待着任文天那边发布关于电子商务创业技能大赛的消息，一边制作网页。说来也奇怪，这个网页并不是专门为自己家的米粉品牌设计的，而是为长平村电商服务基地设计的。此外，王兴还试图说服母亲与长平村电商服务基地合作。

眼看着这个网站就要大功告成了，王兴伸了伸懒腰，透过窗户，望见母亲正在米粉加工厂辛勤劳作。他从房子里走了出来，向加工厂走过去。一路上他都能闻到一股纯纯的米香。这米香是他从小就喜欢闻的，多年来，他都从未忘记。他还记得在他很小的时候，每当父亲从加工厂出来，都会带一个大大的米粉团儿给他吃。他欢乐地吃着，吃着，那种滋味，就是童年的味道。

几个在加工厂做事的阿姨看见王兴来了，也都笑容满面。

“阿姨好。”王兴走了过去，主动打招呼，还主动帮助大家把刚刚生产出来的米粉搬上拖车。

在大人的眼里，王兴一直都是一个很听话的孩子，自从父亲走后，王兴也一肩挑起了半边天，每当放假都会回来帮助妈妈送货、算账、进料等等。王兴上大学这四年，除了大一是家里交的学费，其余三年的学费基本用他的奖学金交的。

虽然他时常劝妈妈少干一点儿活，照顾好自己，但是妈妈却从不听王兴的话，作为一个母亲，当看见自己的孩子都这么努力的时候，她做什么都愿意的。

加工厂有一个阿姨突然问道：“王兴，你也快大学毕业了吧？”

王兴笑了，说道：“对啊，七月就毕业了。”

“那应该找了对象吧？”那个阿姨也笑着问。

“呵呵。”王兴苦笑一声，这个问题戳中了他的伤疤。其实他曾经有过无数次的幻想，幻想大学毕业之后，他与肖潇一起回到长平村，奋斗几年后领结婚证。但是现实把梦想击得粉碎，如今肖潇早已不在他的身边了。

“哦，对了，王兴妈妈，我记得我有一个远房亲戚，他家女儿也好像是今年毕业，长得可漂亮了，要不——”

王妈妈看了一眼王兴，见王兴有些不乐意了，就对那位阿姨说：“我家孩子还小，等过几年再说吧，哈哈。”

阿姨当红娘的劲头很足，继续说：“王兴妈妈，他还小了？还小都是借口，你不知道隔壁村有一对二十二岁左右的年轻夫妻生了一对可爱的双胞胎，逗得两家老人家哈哈大笑。这人要上了点岁数，还不就指望着孙子孙女给点儿乐趣吗？”王兴听得脸上泛红。

“您再看看隔壁家的，年纪比王兴小，现在孩子都可以打酱油了，有了孩子家庭氛围也不一样，这不是很好吗？”阿姨继续在王妈妈耳边煽风点火。

王兴听不下去了，离开工厂回家去了。

王妈妈见儿子这几天总是躲在房间里，觉得也不是一个事儿，就放下手里的活儿，跟着一起回去了，见儿子坐在房间里摆弄着电脑，说了一句：“我看你每天躲在房间里，总有一天会变傻的。”

王兴笑了：“妈，你知道我在干什么吗？”

王妈妈见儿子看着电脑，电脑上一片漆黑，然后上面就是几行白色的英文字母和数字，问：“这是啥？”

“我要去参加一个大赛，听说还有很多奖金呢。”王兴说。

“什么比赛？”

“就是咱长平村电商服务基地举办的电子商务创业技能大赛啊。”王兴说。

“得了吧！”王妈妈有些生气了，“叫你不要去沾惹他们，他们是一群什么人呢？一群骗子。”

“妈，不是骗子，我去村委会看过了，人家电商服务基地很大，还见到了村支书，跟书记交谈过才知道他们是认认真真办实事的人。”王兴说。

“妈是一辈子没出过镇子的人，不懂你们这个什么电商，反正我只提醒你一句，凡事小心，小心驶得万年船。”王妈妈看着王兴继续说，“不过不管怎么说，我是不会跟这个什么电商扯上关系的，一点都不会。”

“妈，我觉得他们的思路也是蛮好的，通过对产品统一规划、统一设计包装，这能提高产品的品相，也有助于增加我们的销售利润啊。”王兴说。

“反正我是不想听到他们那些规划，都是骗人的，我想你父亲还在的话也不会跟他们合作。”王妈妈斩钉截铁地说。

“不过我已经确定了一定会跟他们合作的。”王兴说。

“合着你现在就跟那什么电商站在一起欺负你妈没文化了吗？”王妈妈更加气急败坏。

“妈，这不叫欺负你，这怎么能叫欺负你呢？”王兴有点儿莫名其妙，“难道你连你儿子都不相信了吗？在这个信息时代，我们也是要通过互联网思维来改变自己的。”

“我不是不相信你，四年前我和你爸也是因为不懂互联网才让你去学习的，但是对这个什么任文天的电子商务基地，我总是不相信的。”王妈妈说。

“您有什么疑虑呢？”王兴问。

“长平村米粉这个牌子是你爷爷辛辛苦苦一手创立的，我可不希望在我手里有什么闪失，也不希望我们这个长平村米粉一下子没了，要不然我可对不起你爷爷和你爸。”

听到这些，王兴也没跟母亲争执了，他在心里提醒自己，未来在打造长平村米粉这个品牌的时候要更加小心，更加专业，这可是爷爷和父亲的品牌啊，不能败在他的手里。

04 线下体验馆

电商创业技能大赛终于开始了。大赛分了六个竞技单元，第一个竞技单元是电商产品，只要你拿着你的好东西来参加比赛就好，结果交给评委和观众；第二个竞技单元是摄影，不管你是专业摄影师，还是摄影发烧友，都可以参赛；第三个竞技单元是文案策划，只要你有创意，就可以形成文案拿来比赛；第四个竞技单元是网站设计；第五个竞技单元是品牌设计；第六个竞技单元是演讲与表演，只要你敢站到舞台上来，就可以报名参赛，挑战自己。

每一个竞技单元都分六个大奖，一等奖一名，奖金五千元；二等奖两名，奖金各三千元；三等奖三名，奖金各一千元。

村委会的账目上没多少钱，这些奖金全是任文天自己掏出来的，他拿出了满满的诚意和狠劲。他也没规定参加这次电子商务创业技能大赛的一定得是长平村的人，全国各地的人都可以参加；也没规定参加这次比赛获奖的人或项目一定要留在长平村电商服务基地。他只想做好一个平台，去告诉每一个人，他想把乡村电子商务做好。

由于吸取了之前招聘失败的经验教训，任文天这次算是花了大手笔，砸了不少奖金下去，倒真的吸引了很多人前来参赛。各个竞赛单元都挤满了人，特别是电商产品竞技单元，很多老乡都拿着鸡鸭鹅前来参赛，并且每个品种都有一个很独特的故事，每个独特的故事都有一个很新颖的点，这让任文天倍感高兴。这样一来，很大程度上解决了深挖产品的难题，他也借助这个比赛，跟大家讲述了把这些产品放到网上去销售的好处。大家都觉得非常好，表示愿意相信任文天。

参加摄影竞技单元的有很多是以前在电视台做摄影工作的人，有从很远的地方来的背包客；文案策划竞技单元主要包括当地的广告公司，做新媒体的一些朋友，还有几个师范大学刚毕业的学生；演讲竞技单元汇聚了一些管理咨询培训机构的专业老师；设计竞技单元也有很多资深老前辈。

而王兴则参加了网站设计竞技单元，经过层层选拔他一路杀到了总决赛，并夺取了这个单元的第一名。

参加网站设计竞技单元的选手特别多，大家都以为只要设计一个网站就好了，但没想到王兴是一个全才，不仅把网站的功能和界面设计（UI设计）做到了极致，这种极致包括设计了多种在线沟通方式（即时沟通工具、反馈、留言单、电子邮件、点击呼叫电话等），界面简单明了，导航性能非常好，站内搜索功能齐全，拥有支付功能、常见问题解答功能，还做了搜索引擎优化（SEO），通过采用有利于搜索引擎的合理手段，使网站各项基本要素适合搜索引擎的检索，从而更容易被搜索引擎收录并优先排序。这让评委们震惊了。

他的UI设计理念其实并不是很创新，但是他却很好地把长平村和乡村电子商务结合在了一起。电了商务就是现代化的一个象征，长平村是有名的古村落，于是现代与古代的结合在王兴的设计理念中有所展示，让大家在网站的首页就能感受到其清新脱俗的特点。按照他自己的说法是，设计并不是要天马行空地创新，而是设计出走心的作品，让消费者看着舒心。

任文天对王兴能夺得第一名并不感到惊奇，因为在任文天看来王兴就应该有这么优秀。

宣布完获奖选手之后有一个简短的颁奖仪式，颁奖仪式在激昂的音乐声中同步进行，每一个获奖选手都得到了掌声。颁完了奖项，任文天接过了主持人曾晓静的话筒，大声宣布："现在我宣布，长平村第一届电商创业技能大赛完美闭幕。"

场下掌声四起。

"我还要宣布一个重磅消息。"任文天摆了摆手，示意掌声停下来。场下开始议论纷纷。

"长平村特色产品体验馆今天正式开馆！"任文天说道。

这时候悬挂在长平村特色产品体验馆上的红布头被揭了下来，馆里面摆放着近段时间被筛选出来的众多农产品，样样都非常精致。场下再次掌声四起。

"好，我要跟大家汇报一下，长平村特色馆上线的第一天，就迎来了六十三种特色产品，包括酸菜、蕨菜、竹笋、红薯丝等。在这里，我要感谢大家的支持，谢谢各位！"四面八方再次响起掌声。

"在这里，我还要再宣布一个重磅消息，那就是长平村特色馆线上馆今天也正式上线了。"

好消息一个接着一个，场下的笑声和掌声一阵接着一阵。

"待会大家也可以在体验馆参观我们挖掘出来的产品，

大家看中了什么，用手机微信扫一扫，就可以进入我们长平村特色馆下单，只需要您填写好自己的姓名、联系方式和地址，我们就会送货上门，让大家都体验一把线下挑选、线上下单的感觉。”任文天说道。

当天，摆在体验馆的所有特色产品销售一空，这在一定程度上让村民们初次尝到了电子商务带来的甜头，也为任文天在长平村以后的工作做了一个良好的铺垫。

大赛快要结束时，任文天做了总结讲话：“在未来的工作中，我们一定会加大对长平村特色产品的挖掘，希望长平村的每一位乡亲都相信我们的办事能力，相信我们能够运营好长平村特色馆，依托线上线下，借助电商实现长平村快速发展。相信我们可以做好长平村乡村电子商务，请相信我们。”

场下掌声阵阵。

“但是一个好汉三个帮，希望在未来的工作中我们能得到大家更多的支持，谢谢！”

听了任文天情真意切的讲话，场下观众，在人们的眼神中似乎都可以解读出一种心声，那就是任文天这小子真有两把刷子。

也许是因为对任文天的信任，这次电商创业技能大赛中确实有很多获奖选手选择与村委会签约，希望成为长平村电商服务基地的一员，为长平村乡村电子商务贡献青春力量。任文天也非常欢迎大家的到来。

那天晚上，任文天邀请大家在村委食堂吃晚饭，为大家有缘聚在一起而干杯。在酒席上，任文天深情地说道："以后大家就是一家人，我们要为同一个目标而奋斗。"

这时候大家都回应："不是为了谁而奋斗，为了对得住自己的青春，也要奋斗！"

大家正要一口干，却被任文天拦了下来，于是奇怪地看着任文天。任文天看着杯中的酒，笑了笑，说道："大家先别急着把这杯酒喝完，我还有几句话想说。"

大伙把斟满酒的杯子重新放回了酒桌，等着任文天开口。

"这么多年来，我从未遇到像你们这么优秀的人才，说实话，你们能留下来让我非常吃惊，当初我以为你们只是热爱比赛才来参赛的，我也没指望你们能留下来，不过你们的举动让我真的很感动，在此，我谢谢大家。"任文天从座位上站了起来，端起自己的酒杯一饮而尽。

得了演讲竞技单元第一名的王猛说道："书记，你是一个仗义的人，也是一个很有想法的人，我们愿意留下来。"

这时，任文天却摇了摇头，说道："这事并没有你们想象的那么简单而轻松。你们现在可以很有激情，并且拍着胸脯说，愿意跟我任文天干，但是一个月后，两个月后，三个月后，甚至一年之后——哦，对不起，我不知道一年之后在座的各位还有几个人依然留在这里，这点我无法想象。”

“书记，只要你在，我们一定会留下来的。”其中又有一个人应和道。

任文天又摆摆手，说：“你们敢说出这样的话，那是因为你们还对现在的工作不是很了解，还对我们长平村电商服务基地不了解，不知道我们在干什么。如果你们知道，那我想你们当中一定会有人选择离开，而当你们离开的时候，我也不会埋怨你们，并且会祝福你们找到一条对你们来说更加光明的道路。因为你们都是好样的。”

任文天斟满酒，一口干了，说：“这算是我任文天自罚一杯。”

在座的几位有些紧张了，这种情况下，不知道任文天是不是喝醉了，但是坐在一旁的王兴依然无动于衷，只是静静地聆听着。

“为什么要自罚呢？因为是我任文天把大家带到了这个穷乡僻壤。凭借你们的才华，你们本可以在任何一个一线城市找到一份稳定的工作，有不错的前景，但你们为什么要来到这个看起来破破烂烂的长平村呢？各位，你们没有理由留下的，真的，我为什么要自罚呢？是我啊，就是我把你们留下来的啊！”

“不，书记，我们是自愿留下来的——”几个人说道。

任文天打断了那几个人的话，继续说道：“乡村电商并没有大家想象中的那么容易，在工作的推进过程中，你们会发现你们所面对的人群可能连电脑都不会开，你会怎么办？你会不会骂他们是白痴？你跟他们讲电子商务他们会觉得你是一个骗子，你会怎么应对呢？你会不会骂他们是一群弱智？当你跟他们讲VI设计（视觉识别系统）的时候他们会觉得不就是一个图像吗，你又会怎么应对呢？你会不会私底下骂他们是一群土鳖？可能你们会说这怎么可能发生呢？但是，我们所有的工作就是面对这样一个群体，挑战着你们的专业知识和素养。他们很多人也许到现在都没碰过智能手机，也许到现在还不知道什么是微信，也许到现在还没在网上买过东西，到那时候，你们发现，你们居然是跟着一群互联网文盲讲着你们自认为非常有用的专业知识，那时候，你也许会放弃的。因为你实在是受不了，如陷深渊，四周都是暗黑的，看不到一点儿光芒。你们一定会想着远离这儿的。这就是这项工作的残酷性。”

任文天说着说着，酒桌上鸦雀无声，没人再多说一句话了。面对未知的未来，他们也不知道该怎么办了。

“我绝对不会把大家的青春岁月浪费在这个小地方，如果现在你们当中有人说要离开这儿，我任文天也不会去怪谁，反而，我依然会送你到火车站，送你到汽车站，我一定会祝福你，并且做到我能做到的一切，在我能力范围之内为你们推荐工作，我说到做到，决不食言。”任文天把话说到这个份上了，酒桌上的人们面面相觑，最后依然是王猛从座位上跳了起来，举起酒杯，说道：“书记，谁的青春不迷茫？如果真到了那个时候，我再走也不迟，但是今天，你让我走我也不走。”

随后几个人也一起站了起来，举起酒杯，说道：“我也想看看自己到底会怎么‘死’！”

“哈哈哈哈哈——”伴随着一阵大笑声，他们一起举起酒杯全干了。

“各位，乡村电商真的会很辛苦，我记得二十几年前政府在农村开展了一项扫盲活动，教那些不识字的村民识字。

我想我们现在做的事情就是类似于二十几年前的扫盲，现在的扫盲就是非常有耐心地教他们如何使用互联网，如何通过互联网购买更为廉价优质的产品，如何通过互联网卖自己家的产品。这是一项非常艰巨的工作，如果你没有坚韧不拔的精神，你真的做不好这件事情的。

“那什么是坚韧不拔的精神呢？不管遇到谁，不管是达官显贵，还是流浪在街头的乞丐，都非常有礼貌、心态平和地跟他们解释，直到那个人听懂了为止。所以我想说的是，做乡村电子商务，一定要有爱和情怀，爱是大爱无疆的爱，情怀是一种要去帮助别人摆脱贫困、过上幸福生活的责任感。唯有这样，才能真正做好我们这个工作。”任文天说。

大家听得直点头，表示认同。

“如果你们做好了这个工作，我想说的是，长平村的老百姓都会感谢你们，都会记住你们的。”任文天最后说道。

“好——”大家的酒兴被彻底调动起来了。

酒席上越来越热闹，但王兴还是那么安静。在他看来，这不像是一场酒会，更像是任文天的一堂培训课，但这堂培训课，任文天讲得很真诚。任文天看了一眼安静的王兴，也没去劝酒，只叫他吃好喝好。王兴点点头，一直像一个局外人一样坐在那儿，直到大伙儿散去。

曾晓静安排大家住下之后，任文天的酒劲也慢慢退了，他看了一眼站在旁边的王兴，摇了摇头。

“怎么了，书记？”王兴不知道任文天为什么摇头。任文天说：“人在江湖，一定要学会喝酒的。”

王兴笑了。倒也不是他不会喝酒，只是今天情绪特别低落。

任文天一手搭在王兴肩膀上说：“一个男人低落，无外乎失恋了，快说，是不是失恋了？”

任文天果然是老江湖，一眼看出了王兴的心事，王兴却死活不承认：“这个真没有。”

任文天笑了，说道：“我们都是从你这个年纪走过来的，怎么就不知道你心里的‘小九九’呢？”

王兴也觉得不好意思，低下了头。

“快说，为什么你不跟他们一样爽快地加入我们电商服务基地？”任文天问。

基本上这次参加比赛的本地人都选择加入了电商服务基地，但是王兴却例外。

“我也不知道为什么，可能我还没想清楚吧。”王兴也很犹豫。

任文天没有继续追问，他差不多知道王兴的心事了。

王兴说要回去了，任文天说安排人送他。王兴拒绝了，说自己现在很清醒，没有问题的。任文天这才想起王兴是本地人，于是与王兴告别了。

任文天正准备回宿舍休息，没想到一辆车从远处开了过来，停在了他面前，原来是镇长来了。

镇长下了车，立即向任文天表达了祝贺，表示这段时间他的工作很不错，得到了领导的表扬。任文天笑了笑，说道：“应该做的。”随即招呼镇长到了办公室，给镇长泡茶。

镇长喝了一口茶，看着任文天，开门见山道：“当然，成绩很突出，但是我也为你担心，你要搞电商创业技能大赛应该找镇里给你批款啊，你怎么自己出了？”

任文天笑了，说道：“我这在长平村什么名堂都没做出来，真要找镇里批款，除了师兄您会投赞成票，还有谁会呢？”

这句话让镇长没话可说，顿了顿又说道：“那你有跟师妹商量过吗？”

任文天笑了，并未作答。

“哦？莫非你还有私房钱不成？”镇长打趣道。

“总之，能为长平村办点实实在在的事情，我做什么都愿意的。”任文天说。

“下次还需要办什么事你只管讲，镇里如果不能支持，就算我个人一定也会全力以赴。”镇长说道。

“那就太感谢了。”任文天谢过了镇长。

那天，两人一起聊了大概半小时，镇长就回去了。

送走镇长之后，虽然挺晚了，可是任文天没有睡意，于是一个人坐在办公室，打开电脑，一直盯着“长平村特色馆”的界面，这是这几天他和同事们一起讨论的、最后在王兴的优化下建立起来的特色馆，就像一个刚出生的孩子一样令他欣慰。他看着看着，嘴角露出微笑，梦想着“长平村特色馆”一天天长大，长成一个大人的样子，他想看看这个孩子的未来是怎样的。

突然他有了一个想法，何不体验一下线上店主的生活？打电话给华娜问了特色馆的登录账号和密码后，自己登了进去。

没想到他登录进去后看了十几条顾客的留言，留言的内容令他大吃一惊，几乎所有的人都提及一个产品，那就是长平村米粉。

北京网友：怎么没有长平村米粉啊？以前我们上中学的时候早上吃的就是长平村米粉，但是来了北京之后就再也没吃过了。唉，没有长平村米粉的特色馆哪里能被称为长平村特色馆呢？唉，真令人失望啊。

上海网友：亲爱的店主您好，我从小在长平村长大，后来考上了上海的一所大学，之后就在这儿结婚定居。我已经很久没回过家乡了，但是能在网上看到长平村特色馆令我很兴奋，看到这些特产总会让我想起小时候与妈妈一起到村里购买长平村米粉的事，那时候米粉是我们家的主食，这故事至今还铭刻在我的脑海里。下次如果特色馆能上线长平村米粉那就真的太完美了。

天津驴友：长平村确实是一个旅游的好地方，去年来过一次，没想到居然能在网上看到长平村特色馆，这画面、这美食看起来都是长平村的特产，不过在我印象里最深刻的还是长平村米粉，至今想起来还是那么令人陶醉。亲，下次什么时候能上长平村米粉啊？

深圳网友：亲爱的店主您好，我是长平村人，后来远嫁了，与家人们一起来到了深圳，有一天我的孩子问我，妈妈，你小时候都吃什么零食啊？我说，妈妈小时候可没你现在这么幸福，没有零食，每天能吃一次米粉就很开心了。孩子天真地问我，米粉有糖果好吃吗？我说，长平村的米粉真的比糖果还好吃呢。孩子问我什么时候可以带她去吃长平村米粉呢，我说过段时间吧。如果在长平村特色馆能买到正宗的长平村米粉，也了却了我和孩子的一桩心事吧。

类似这样的留言还有很多，出乎任文天意料的是，长平村特色馆开馆这件事情居然也传到美国去了，一位美国网友也在网上看到了长平村特色馆。他留言：亲爱的店主您好，我七岁时跟随父母移民到了美国，到现在，已经过去三十年了，三十年是一段漫长的岁月，岁月已经在我父母的脸上刻上了深深的痕迹，他们也从当年的三十几岁到如今的六十几岁。

上了岁数的人，总是会怀念过去，怀念曾经的生活。这几天父亲时常跟我提起长平村，提起曾经吃过的长平村米粉，如果可以在大洋彼岸买到长平村米粉，那真的令人感动。

…………

看到这么多留言，任文天不知道该笑还是该哭。该笑的是长平村特色馆打造得还算可以，居然上线第一天就得到这么多人关注，还主动留言，这可真是不得了啊。该哭的是，虽然如今长平村特色馆也上线了这么多好吃的特产，但这些人想买的是坚决不与电商基地合作的长平村米粉。

绝对不能这样。任文天想了想，一定要把长平村米粉给上线了。他琢磨着，就这么着。

05 长平米粉

在回家的路上，王兴一直回味着任文天在饭桌上说的那些话。说真的，他越来越钦佩任文天，觉得他待人特别诚恳，他说的那些都没错，不耽误别人的青春，可是很多人的青春不就在浑浑噩噩中度过吗？就算在大城市，难道就一定比长平村好吗？到了一线城市，人生就一路顺风吗？就能赚到很多钱吗？只不过跳槽可能会比小城市容易一些，或者在大城市可能会有更好的发展罢了，当然也只是可能。如果放到以前，确实大城市信息更加发达，可以更早更快速地知道外面的信息，可如今是互联网时代，打开网络，你就知道了全世界的信息，所以说世界上的机会都是留给想做事情的人的，并不是留给那些每天在大城市低不成高不就的人。如果你一定要说相同的工作在沿海发达城市能拿一万元的工资，在中部地区或许只能拿三千元，这就是大城市的优越，那这个或许在比较上就有错误，中部地区与沿海发达城市在各项成本上就很不一样。

想到这儿，王兴笑了。当然他也很自嘲，这就是给自己不愿去外面吃苦找的一个理由吧。

他回到家的时候，已经很晚了。母亲关了工厂的灯，走出来正好撞见了王兴，她脸上有几分奇怪的笑容。

“怎么了？”王兴觉得母亲的微笑怪怪的。

“今天我去看了你获奖的样子。”王妈妈说。“什么？”母亲这句话让王兴感到非常意外。

“你果然是妈的好孩子。”母亲说出这句话的时候充满了自豪。

“您不是对这个很反感吗，这么反感还去？”王兴眼神里充满疑惑。

“看见你获奖啊，就让你妈想起以前你上学时得的那些‘三好学生’‘优秀学生’奖，好像回到了你小时候一样。”母亲的回答让王兴哭笑不得，他感觉母亲答非所问。

“妈，那您怎么看任文天他们的电子商务呢？”王兴直奔主题。

母亲也好像如梦初醒般：“任文天那个人看起来倒也不错，可是呢，还是要考虑考虑的吧。”

“妈，考虑个啥呀，考虑好黄花菜都凉了。”王兴催促道。

母亲还是很执拗，说是明天再说。

第二天天还没亮，王兴还在做梦呢，突然外面传来汽车的喇叭声。

王妈妈以为来拉货的货车，但仔细听听声音，又有点儿不像。她从生产车间走了出去，看见门口正缓缓开来一辆黑色的小轿车。

车停靠在路边，只见里面走出来一个三十五岁左右的男人。王妈妈没看错，他就是任文天。

任文天一看到王妈妈站在车间门口，便微笑着一路小跑到王妈妈面前：“大姐，早上好啊！”

王妈妈觉得神经有些紊乱，问道："您——"

任文天笑了，说："您好，我是长平村村支书任文天。"

这时候王兴正好从屋子里面走了出来，看见任文天，颇为震惊。

"书记？"王兴一脸诧异地望着任文天。

任文天看见王兴出来，又笑着招呼道："王兴，你起床啦？"

王兴一边揉着惺忪的睡眼，一边点着头走了过来。

"哦，我差点忘了。"说到这儿，任文天拍了拍脑门，重新回到车子旁边，打开副驾驶室的门，从里面拿出了一个金杯，说道："王兴，你太马虎了，昨天居然把这个宝贝忘在村委了。"

"呀。"王兴有点儿不好意思，他也怪自己丢三落四的，居然把奖杯给忘记了。

任文天把奖杯拿到他们母子面前，王妈妈挺责怪王兴做事马虎的。王兴也不好意思地从任文天手里接过了奖杯，抱歉道："书记，太麻烦您了。您这么忙，只要一个电话，我就可以过去拿的。"

"呵呵，我很早就想来拜访大姐，正好今天趁这个机会来拜访一下，也了却了我一个心愿。"任文天说道。

"瞧您说的。"听到任文天给自己戴高帽，王妈妈也怪不好意思的。

"哦，对了。"任文天也不拐弯抹角，跟他们母子俩说了一下昨天网友在长平村特色馆给他们客服留言的事情，"大姐，真不瞒您说，你们家米粉简直太出名了，全国人民都知道，关键还传播到了美国，你看，你看。"

任文天拿出手机，把昨天截屏保存下来的留言全部翻了出来，一条条念给王妈妈听，王妈妈一边听，一边也很感动，她也没想到自己家的米粉居然这么多人记得。

“大姐，这时候就要趁机将你们的米粉上架，绝对不能让那些还惦记着长平村米粉的人们失望啊。”任文天说。

任文天看了一眼王兴，也不继续说什么，就此别过。

看着任文天远去的背影，王兴凑到母亲身边，半开玩笑地说：“如果我们长平村牌米粉可以借助网络卖到全世界，想必爷爷和父亲也很高兴吧。”

王妈妈站在那儿左右为难，她也很清楚任文天这么一大早来这儿的目的就是表达他的请求和态度。

“这件事情我得跟我儿子再商量一下，十点半左右我会给您答复的。”王妈妈说。

任文天看了一眼王兴，也不继续说什么，就此别过。

看着任文天远去的背影，王兴凑到母亲身边，半开玩笑地说：“如果我们长平村牌米粉可以借助网络卖到全世界，想必爷爷和父亲也很高兴吧。”

王妈妈看了一眼已经长大的孩子，她也很清楚，儿子与任文天之间已经建立了很好的友谊。她点点头，说道：“你做决定吧。”

母亲讲出这句话非常不容易，王兴很是兴奋，问道：

“妈，您的意思是……”

王妈妈继续点点头，然后走进生产车间去了。

王兴赶紧打通了任文天的电话，告诉任文天：母亲愿意把自家米粉放到长平村特色馆销售了。

当天上午，任文天就派了几名工作人员来王兴家里对米粉进行取样、拍照，采集相关信息。王兴一直在旁边协助，他们很快就把手上的工作全部做好了，大概一个礼拜后，长平村牌米粉就在长平村特色馆上线，定价五块一毛钱一斤。上线的第一天就创下了一个销售神话——当天零售量突破了五百斤。

这个销售业绩让整个长平村沸腾了，虽然大家都知道长平村米粉远近闻名，但谁也想象不到的是长平村米粉居然可以卖得这么好。仅是上线当天的零售量就达到了这个数字，这也超过了王妈妈的想象，因为她的生产车间一天的生产量从没超过一百斤。

不过这个数字在任文天和王兴看来是少了点，当时任文天和王兴的看法是最少要突破一千斤。那么他们到底是怎么让一个米粉的网上销售量达到五百斤的呢？

长平村米粉在长平村创立了大约六十年。在这六十年的时间里，从王兴的爷爷到他父亲再到现在，积累了非常多的客户，这些客户基本上覆盖了长平村所有年龄层次的人。

王兴以此为出发点，推出了一条宣传语：“时代在变，长平村米粉永不变。”

这条广告语不仅体现了长平村米粉的历史，同时也代表着长平村的六十年。虽然长平村的面貌一直在变，但是长平村米粉还像一位守护者一样静静地待在那儿看着芸芸众生。任世界改变，而我不变。

确定了主题，他们再经过一个小时的讨论，用简约明了的互联网思维重新设计了长平村米粉的LOGO和外包装。经过这样一番策划包装之后，他们不仅让长平村米粉更像是互联网产品，还把长平村米粉原先只有两块一毛钱的定价提高到了五块一毛钱，真正做到了溢价，让其更有价值。起初王妈妈极力反对定价五块一毛，但是大家告诉王妈妈：文创包装也是价值，必须融入价格之中。慢慢地，王妈妈也接受了，后来网友的评价中也没人说这个价格很贵，而表示包装很漂亮，体验感很好，这不仅颠覆了王妈妈的思维，还让任文天他们更有信心把产品做好。

后来，他们又推出网上预订，主要原因是他们家的米粉产量有限，虽然品牌一直很响亮，但是根本没有量产的能力。自从丈夫去世之后，王妈妈一面要处理家里的大事小情，一面又要管理工厂，她根本忙不过来，错过了一波又一波将长平村米粉品牌发展壮大的时机。

接下来的几天，长平村米粉虽然网上销售势头有所放缓，但也没有出现过山车式的滑坡，销量每天都可以保持在三四百斤。

那几天，长平村米粉奇迹般的销量，得到了多家媒体的报道，这些报道在微博、微信、QQ空间的转发铺天盖地。几位专家也关注到了这一情况，开了好几个研讨会，说现在是乡村电商的春天，说这个可以成为一种模式在全国推广。但是对于王妈妈来说，任世界怎么吹耳边风，她依然穿梭在那个狭窄的车间，默默地带着她的伙伴们做着米粉。在王妈妈看来，量不量产、出不出名都不重要，她只希望坚守这间小小的车间，坚守这个家，做出好的产品，让大家能记住长平村米粉的味道。

那天任文天又来到王兴家，说这次长平村米粉确实给长平村增了不少光，也让上头领导看到了乡村电商的潜力，镇委镇政府准备给长平村米粉颁发奖项，并且将其作为典型案例在镇里甚至是县里做一番宣传，以扩大其影响力。但是王妈妈认为这也太小题大做了，使不得。

任文天说："大姐，现在是一个'酒香也怕巷子深'的时代，得趁热打铁啊。"

王妈妈笑了，说："人怕出名猪怕壮，我看还是算了吧。"

任文天也不勉强，嘱咐王兴和王妈妈，这个颁奖典礼就定在明天下午，地点在电商基地，请他们到时候一定要参加。王兴和王妈妈点了点头，表示一定参加。

王兴看着远去的任文天，走到母亲面前，问："您看，电子商务还是有点儿用处吧？"

"说到这电子商务，还真得好好感谢人家任文天。"王妈妈说。

"妈，您的思维转变实在太快了，前段时间还说人家是骗子，现在就改口说要谢人家了。"王兴打趣说。

王妈妈忍不住又笑了，说："别取笑你妈了，不过现在想想任文天的思维方式还真是很独特，让我大开眼界。"

王兴马上就严肃了起来，说道："妈，我有一件事情想跟您商量。"

"什么事啊？"王妈妈一边听儿子说话，一边捣鼓着手里的活儿。

"我想加入任文天的长平村电商。"王兴说。

王妈妈一脸不解地看着王兴，问："是任文天跟你说的吗？"

王兴摇摇头，说："妈，本来我是想回家自己开一个网店，专门经营咱家米粉的，但是这次得到了任文天的大力帮助，也省去了我们很多成本，就像刚才您说的那样，我们应该感谢任文天。”

母亲放下手里的活儿，直起了腰。

“我知道，在我们镇还有很多跟我们家一样的小企业，他们的很多产品也都很好，只是因为思维的局限，以及对电子商务的不理解，一直不敢改变传统的经营模式，这样的结果就是虽然累死累活，依然没赚到多少钱。而我想去任文天团队的原因就在这里，我想将自己学到的东西，教授给他们，把自己看到的世界传递给他们，去帮助他们更快乐地生活，更轻松地赚钱，让他们跟我们一样享受互联网给我们带来的红利。”王兴说。

听着儿子的这一席话，王妈妈笑了。王妈妈很想说“儿子，你是我的骄傲”，但是最终没有说出口，她不想让儿子飘飘然，只是点点头，告诉儿子：“你尽管去做你认为对的事情吧。”

王兴非常开心可以得到母亲的理解和支持，他转身就给任文天打了电话，希望加入长平村电商基地。电话那头的任文天开始有些发愣，不知道为什么王兴转变得这么快，但还是马上表示了热烈欢迎。

随着王兴的正式加盟，长平村电商团队的力量得到了进一步的加强，长平村电商也就此走上了正轨。

曾晓静的能力得到了任文天的认可，被任命为电商服务基地的实际负责人，负责对外联络和培训。这样一来，任文天也轻松了不少。

因为这一批新进电商服务基地的人员大多是本次参加电商创业技能大赛留下来的优质人员，在这点上，任文天和曾晓静也知道需要培训的东西是极少的，不过越是优秀的人越要打磨。他们最终确定了培训的基本方案，那就是参观采风。

由曾晓静和华娜两个人带着新加入电商服务基地的人员走一遍长平村。如果对这座村庄不了解，又怎么会对它有爱呢？

长平村是一座历史底蕴很厚重的村庄，村边有护城墙，据记载，乃是南越武王赵佗所建立的。曾晓静和华娜带着大伙儿第一站就来到了护城墙。第二站是村里正中的高塔。这座高塔建于魏晋年间，据说是一座镇妖之塔。第三站是东汉一位高官的府邸旧址。据说他曾位居九卿，一人之下，万人之上，直至今日，长平村的读书人都以他为榜样。第四站是长平村古书院。长平村古书院建于安史之乱年间，当时一位大唐高官不堪宫廷之乱，辞官归故里，在长平村最高的山脉建立了一所书院，后世称其为长平书院。长平书院很多古籍在“文革”期间被毁掉了，如今剩下的只有一些残卷。

王兴跟在他们后面这么一游，也在惊叹原来长平村的历史如此悠久、故事如此多，以前怎么就没发现呢？也许“只缘身在此山中”吧。想来，自己对长平村一点儿都不了解。当然，这些从来没在长平村待过的人，早就被长平村的历史所折服了，特别是对于这次拿了摄影类一等奖的王浩来说，这可是一个不得了的收获。

王浩是省电视台一位非常年轻的摄影师，他去年刚毕业，在电视台待了一年，对任文天非常了解，当然任文天对他也很器重，所以至今他也从未想过要离开这儿，他想就这样一直跟着任文天干，除非任文天开除他，否则他都不走。

王浩原本并不想参加这次技能大赛的，他对任文天说：他能拍好人物，但要真的去拍摄电商店铺用的商品图片，还是没什么把握。任文天鼓励他说：人都要迈出第一步的。就这样，在任文天的鼓励下，他击败了好几个一起参赛的驴友拿了第一名。

这次旅游，王浩的感受与王兴大致相似，他说他曾经太封闭自己，错过了长平村这么多美好的事物，以后每到星期天，都要到长平村的每个角落走走，用镜头记录下美好的景物。

同样在感慨的还有获得文案策划竞技单元第一名的林许，林许可是师范大学的才子，十二岁就在市里的晚报上发表过诗歌，他本有机会进入省里一家著名出版社任编辑，但他还是放弃了这个职位，来到了长平村。

作为才子的林许属于多愁善感型的人，一路下来，他都没有讲一句话，只是呆呆地望着长平村那些古老的遗迹。曾晓静开玩笑说："大诗人，你该吟诗一首才对啊。"

林许笑了："我可不会。"

"是不是缺了酒呢？"曾晓静说，"要不我们待会去买点酒来呢？"

林许又笑了："其实我真不会喝酒。"

"这就不对了吧，你看古时候，那些诗人，哪个不会喝酒啊？你看人家李白，喝了酒之后写的诗多好啊，'人生得意须尽欢，莫使金樽空对月'。对吧？"曾晓静说。

林许继续微笑，说："其实诗人都是在没喝酒之前就把诗写好了的，故意在端起酒杯的时候吟诵出来，人们就以为诗人是一边喝酒一边作诗的。"

"是嘛，这我可从未听说过啊！"曾晓静说道。

他们就这样一路调侃，一路游玩，一路发微博朋友圈，让更多人了解这座古村的韵味。

这一天的培训说不上是培训，说是一次别出心裁的游历可能更加准确。没有讲师，只是让每个人自己用心去感悟一个村庄，用心去感悟源远流长的历史文化。

06 联手

长平村米粉在网上销售得这么好，还引发当地媒体广泛报道，这让肖青山有些羡慕嫉妒恨。肖青山也会羡慕嫉妒恨？这不是玩笑吧？肖青山可是镇里的大富翁，他已经很有钱了，为什么还会对一家小小的米粉作坊羡慕嫉妒恨呢？

肖青山家卖的是纺织品，去年开始在某电商平台上开了旗舰店，到现在花了好几十万不说，如今去看看销售笔数，每个月如果不是熟人购买的话，估计都在个位数。这种销售业绩跟长平村米粉怎么比呢？况且长平村米粉一分钱没花，就事论事，他家的纺织品在长平村米粉面前败得一塌糊涂。

那这到底是怎么回事呢？为什么他去年就开的旗舰店，却比不上任文天才开了几天的长平村特色馆呢？论经验，论财力，都是自己更胜一筹，怎么就干不过任文天呢？他打开自己家的店铺页面，又用另一台电脑打开任文天的长平村特色馆页面，左看看，右看看，上看看，下看看，这长平村特色馆能比他花了三十多万装修的天猫店好看吗？

他家的旗舰店有花又有草，花花绿绿的，色彩多么丰富；再看看这产品，袜子、裤子、衬衫，哪一件不是漂漂亮亮的？哪一件的图片没经过后期处理？哪一件没花心思？哪一件不是身份和高贵的象征？

再看看长平村特色馆，首先它还只是一个小店铺，在档次上肯定没法跟他家的旗舰店相比，虽然它们都叫作电商，但看看它的装修，一片空白，文字颜色也是老掉牙的黑色，跟我的闪光字没法比，那些产品，土里土气的；再看看长平村米粉，感觉都像是从黄泥巴地里捞起来的一样，不清亮。

这个东西能跟他家旗舰店比吗？明显不能吧，那为什么长平村特色馆就能引起轰动，而他家的旗舰店就不能呢？

肖青山嫉妒啊！不管是论历史年代的久远，还是论产品的质量，他家纺织品应该也比那长平村米粉有名吧？那为何在网上的销量还是不咋地呢？什么回忆过去，再怎么回忆过去，那些老人家也不应该回忆到米粉上啊，怎么的也应该回忆纺织品厂啊。可为什么从长平村走出去的有些影响力的人物都回忆着长平村米粉呢？

可是现在抱怨也没用，必须去镇政府找领导，希望领导们还和以前一样支持他的企业发展。可是镇长没说话，收拾完办公桌后对肖青山说道："青山啊，既然你来了，我们就一起去一个地方如何？"

"哪里？"肖青山看着神秘兮兮的镇长，问道。

"走，去了就知道了。"镇长带肖青山一起到了大院停车场，肖青山正准备开自己的小车，镇长拦住了他，说道："你就甭开车了，坐我车去就好。"

肖青山平时虽然有几分傲气，但不敢在镇长面前造次，便随镇长一同上车了。

没想到镇长带他去的恰好是长平村村委会。村委会门口

挤满了人，而任文天被群众围在了正中间。大家议论纷纷，强烈要求任文天尽快给他们培训电商知识。

“书记，您不能只给这些有文化的人培训啊，像我们这种没文化的也培训培训呗，我们也不想每天闲坐在家里，除了带孩子就是打麻将啊。”一名女士说道。

“对啊，他们有文化的富裕了，我们也想跟着富裕，带我们一起在网上卖卖东西吧，能赚一块是一块，能赚两块是两块，我们不嫌少，只想有个活干。”另一名女士说道。

面对大家的要求，任文天脸上全是笑容，说道：“乡亲们啊，大家不要急，培训这件事我们正在推进，过不了几天，我们就准备邀请国内很有名的专家过来给大家培训。”

“有没有一个具体时间啊？”乡亲们问道。

“等下午我们开个会做个研究，我承诺，明天上午你们就会看到具体的公告了。”任文天说道。

“那就好啊，我们也终于可以坐在家里赚点钱了。”乡亲们脸上洋溢着灿烂的微笑，离开了村委会了。

人群散去后，任文天这才看到镇长和肖青山居然在门口，赶紧跑过去迎接：“镇长，肖总，没想到你们来了，有失远迎啊。”

“听说你们的电商服务基地做得有声有色，我这是专门带肖总过来参观考察的啊。”镇长说道。

“哦，不敢当，不敢当。”任文天说道。

肖青山反而不好意思了，想起自己之前对任文天横眉怒目的，现在很是尴尬。

镇长继续说道：“小任啊，你也知道，在过去乃至现在，我们镇上最有名的产品就是肖总工厂生产的纺织品，我有一个大胆的想法，如果你们二位联手，是不是可以将这个纺织品品牌做得更好一些呢？”

在外人面前，镇长从不称呼任文天“学弟”“师弟”，怕别人误会。肖青山知道镇长正在撮合他与任文天的合作，当即表示：“求之不得，只是不知道任书记有什么想法？”

任文天当然来者不拒。

“既然你们二位都没意见，那这件事就定了，改天大家抽个时间，搞一个签约仪式如何？”镇长说道。

肖青山虽然答应了下来，但是脸上明显看得出不情愿。

“那就这么定了，你们俩能联合，这肯定是我们镇的头等大事。”镇长当然看懂了肖青山的表情，便转移了话题，看着任文天问道，“小任啊，刚刚你说你邀请了专家过来给村民培训，哪里的专家？”

“哦，是我在省城开会时认识的一个朋友，目前专门研究运用互联网振兴乡村，他对乡村电商非常懂。”任文天说道。

“这位朋友叫什么名字？”镇长似乎很感兴趣。“王灿云教授。”任文天说道。

“我听过这个名字啊，他可是国内少有的对农村有情怀的专家啊。这样……”镇长大喜，紧紧握住任文天的手，说道，“要不你把这次培训会议扩大？”

“啥？”任文天没搞明白。

“我的意思是王灿云教授好不容易来一趟，我想让我们镇上所有的村都组织一些人来听听王教授怎么说的，这不也给其他村提供一点发展思路嘛。”镇长说道。

“那我这就跟我朋友商量一下。”任文天当着镇长的面拨通了王灿云的电话，将镇长的意思转达给了他，没想到王灿云很爽快地答应了。

“太好了。”镇长手舞足蹈，“那我也不耽误你工作了，我也得回去发动一下镇政府有关部门人员和周边的村，让他们赶紧落实这件事，安排相关干部全部参加。”

肖青山也表示既然有高人要来自己也得回去准备准备。任文天目送他俩离去，心里很是踏实。

07 专家培训

电商专家王灿云教授应任文天和镇长的热情邀请，提前一天来到了长平村。任文天和镇长亲自接待，他们在一起聊了很多，一直到晚上十一点多才散去。

第二天一大早，电商服务基地的所有工作人员根据镇政府报过来的人数，决定将本次培训放在村委会的院子里，因为大厅内根本容不下这么多人。下午一点多，各个村的干部基本全部到了现场，在工作人员的安排下入座。

“嗞——”突然麦克风发出一阵刺耳的声音，任文天快速走上主席台，调整了一下麦克风：“对不起啊，可能有点故障。”

过了一会儿，镇长和王灿云教授都来了，王兴和华娜早就站在院子门口，引着领导和专家走到第一排位置对号入座。这次培训由任文天亲自主持，主持的内容也很简单，只是按顺序介绍发言人。

眼看各村的人员都到齐了，本次培训大会也正式开始。第一位发言的是镇长，镇长在曾晓静的引领下走上了主席台，台下响起热烈的掌声。

“感谢大家这么辛苦地从四面八方赶来，虽然现在长平村村委的条件很艰苦，可是大家并未抱怨，这非常难得。”镇长说，“为什么我们要加强互联网、加强电子商务的学习呢？因为这些都是未来的趋势。我们作为机关干部，只有不间断地加强互联网的学习，才能跟得上现代化的步伐，才能在现代化改革的浪潮中成为党的先进力量，才能引领我们的人民群众改变现在的面貌推动乡村振兴，促进共同富裕。”

台下掌声四起。

“加强互联网的学习，也能让我们的干部队伍用互联网的思维来开展工作，这对提高我们的效率，转变我们的思维模式是非常有帮助的。”镇长说道，“那么下面，我们就有请王灿云教授来给我们讲讲，到底什么是乡村电子商务、怎样做好乡村电商。”

台下再次响起热烈的掌声，王灿云教授在讲电子商务之前，首先感谢了政府对电子商务发展以及农村建设的大力支持，然后感谢了在场的各位不辞辛苦前来学习交流。接着，王教授问了大家几个问题。

“你们平常会在网上购物吗？”场下的人开始议论了。

“会在网上购物的能不能举一下手，让我看看？”王教授问。

这时候稀稀拉拉地有不少人举手，华娜也举手了。

王教授看了看：“嗯，不错，还是有很多人在网上购物的，并且大多数是女性。”

这时候场下有人笑了，也有人在说：“都是败家娘们啊！”

“呵呵，是啊，最近流行一个词汇，叫作‘剁手党’。”王教授特意停顿了片刻。这时候年轻人很快领悟了其中的奥妙，又大笑起来。

“以前我们购物都要去逛街，人都要累疯了。现在购物根本不需要逛街，坐在家里就能下单埋单，也根本不需要自己拎回家，累得死去活来，快递员会直接把你购买的商品送到你家门口，这多方便啊。也就因为方便，女性购物就更加积极了，看见衣服啊、鞋袜啊、零食啊，这个很漂亮，那个也很不错，买买买——买完第二天看看账户余额，天啊！怎么只剩这么几块几毛了？发誓下个月发工资之后一定不逛网店了，再逛就要剁手，于是就有了这‘剁手党’的典故。”王教授说道。

场下再次掌声四起。“哈哈，王教授真懂女人！”有男人大喊起来。

王教授朝那个男人看了一眼，继续说道：“女性购物是天性，所以在场的男同胞们，为了防止你们家女人再‘败家’，有必要的时候把网给断了吧。可是有人会说，还有手机啊！如果有必要，尽量把智能手机也藏起来，换成老人机。”

“哈哈——”场下爆发出了一阵笑声。

“这当然不仅仅是一个笑话，而是我们看到的商机，也就是说，网上购物已经逐渐代替传统逛商场式的购物，尤其是在城里，网上消费逐渐成为一种习惯。人们渐渐喜欢上了网购，因为网购更加方便，更加实惠，更加省力气。这就是我们今天要讲的：为什么我们长平村也好，其他的村也好，都要发展乡村电子商务？第一，它方便了我们的生活；第二，它是商机。而我们今天聚集在这里，谈的就是商机。当你们打开网络商城的时候会发现什么？有什么感想？我想就这两个问题，来请教大家。有谁想回答这两个问题吗？”王教授问道。

华娜第一个举手。

王教授看到华娜举手，非常高兴："好的，请这位女孩回答。"

"到处都是商品，琳琅满目。"华娜的回答让在场的人大笑了起来，活跃了气氛，一旁的王兴也被这个女孩的积极活泼和可爱深深打动。

"回答得很好。还有吗？"王教授问。

接着另一个女孩也举手了，回答说："网上商城的图片都挺好看的。"

又有一个女孩子举手，说："基本上首页放的都是目标群体为女生的商品，针对男性群体的商品却很少。"

接下来，台下发言的人越来越多，不过多数是女性，男性极少发言。王教授开了一个玩笑，说："各位女同志，因为有男同胞做坚强的后盾，才支撑得起女同胞网上购物。在此，我们先鼓个掌感谢一下辛勤的男同胞们。"

台下掌声四起。

"你们的观察力都非常敏锐，但是我想说的是，有一点你们没有关注到，那就是农产品。"王教授这么一讲，场下的人变得安静了。

"刚才大家都没讲到农产品，因为现在网上很少这类东西。农产品是涉及我们身体健康的最基本的食物，却并不能通过网络很有效地流通，这显然不是电子商务的全部。电子商务的流向应该是双向的，它不仅让那些在城里经过深加工的商品流通到我们手上，也可以让我们身边好的农产品流向城市。双向流通，才是一个正常的电子商务生态链。而我们现在做的乡村电商，正是要解决这个'农产品上行，深加工商品下行’的问题。

“那么我们为什么要去做乡村电子商务呢？第一，这是趋势，互联网将连通一切，让生活、购物更方便，我想这点大家都很有感触了；接下来要谈的是第二点，乡村电子商务市场潜力非常大，能够解决老百姓的民生问题。有市场，就意味着有买卖，买卖可以解决一部分人的就业和创收问题。

“那么乡村电子商务到底通过什么方法来解决创收和就业问题呢？首先网上店主需要进货去卖吧？进货就需要有产品吧，产品不就是农民生产的吗？农民的农作物有收成后卖得更好，是不是增加了农民的收入？网上店主通过把农产品卖出去，是不是也增加了自己的收入？网上店主就是我们所说的电商老板。以前你要开个店可能需要租个店铺，但是现在不需要了，你只需要在网上注册开个小店就好了，省了你的租金，这样一来，你的成本就降低了很多。成本下降也是一种收入啊。

“那么乡村电商又是如何解决就业的呢？当你作为一个网上店主接到了订单的时候，还需要发货吧？发货就需要快递员，如果发更多的货物，是不是需要更多的快递员？这就创造了就业岗位吧。可能你们会说，不是每个人都适合做快递员啊？对的，没有错，一个网上小店，你知道具体涉及了多少个岗位吗？摄影、设计、策划等等，这也同时解决了就业问题。这就是我们要发展乡村电商的原因。”

台下掌声四起。

“乡村电商改变农产品的销售模式，还可以促进传统企业转型。通过互联网，达到降低成本，提升订单量的目标。远的不说，就说咱们长平村前几天不就已经有一个好例子吗？我们的长平村米粉，通过互联网的传播，漂洋过海，抵达了海外。按订单生产，这样一来，根本就不会造成商品的积压，人们需要多少，我就生产多少，这不是节约了我们很大的人力物力成本吗？”王教授说。

台下又一次掌声四起。

“以上，我是从老百姓的角度来讲的，但是，我相信大家还想了解乡村电商又能给作为领导干部的你们带来什么。”

台下有人赞同地点点头，表示确实如此。

“如果解决好了老百姓的问题，解决好了就业问题，解决好了民生问题，解决好了传统行业转型的问题，那么在座的各位，不正是解决了你们的工作问题吗？”台下一阵交头接耳后，掌声再一次热烈地响了起来。至此，王教授的话也就讲完了。

王教授在经过一番演讲之后进入了关键的培训阶段，大家听得津津有味，都很有收获。之后在镇长的提示下，各村村委开始参观长平村的电商服务基地，以此加深大家对乡村电子商务的理解。

经过任文天以及其他工作人员的共同努力，长平村电商服务基地如今已经拥有了完善的配套设备，能发挥更好的示范引领作用了。

大家都喜欢去的当然是长平村特色产品线下体验馆，体验馆里面的本地特产琳琅满目，但这些都是样品，用于拍摄照片布置网店和线下展示。

其他村的村委委员很好奇，争先恐后地想体验一下线下选货、线上下单。但有的还没开通支付宝和微信支付，结果不能在线支付，不过没关系，有一项是“货到付款”，只需要下订单，在快递员把商品上门后再付现金也可以。

当所有人都在下单的时候，华娜拿着手机把这情景拍摄了下来。

王兴觉得华娜这个女孩子很独特，虽然同在一栋楼，但是从没有过交流，于是走过去打招呼：“你好。”

华娜一看是那个愣小子，笑了，说道：“你好。”

“需要帮忙的话，尽管开口。”王兴说。

华娜点点头，看着展示台上摆放得整整齐齐的米粉，问道：“为什么米粉也剪裁得这么整齐划一呢？”

“这是为了生产的标准化。”王兴回答。

“标准化？”华娜平时的主要工作不是负责电商板块，她对这方面还不是很懂。

“对的，生产的标准化有利于统一管理，同时控制人力和食材成本。”王兴说道。

“为什么呢？”华娜问。

“传统的手工艺要做到这么整齐划一靠的是工人师傅的经验，如果这个师傅哪天不在的话，那就完蛋，到时候生产出来的米粉要卖相没卖相。最主要的是，如果没有标准化，那就做不到量产，做不到量产就扩大不了规模。这就像肯德基和麦当劳一样，他们都有一个统一的标准，比如鸡肉多少克、淀粉多少克、盐多少克、油多少克、煎炸多长时间——这样一来，随便一个大学生都能做到，并不需要很高的技术含量，也不需要工作人员有很多的经验，他们随随便便就能上手。所以标准化是现代化生产的一个衡量标杆。”王兴说道。

“那么你们现在做的就是标准化咯！”华娜若有所悟。

王兴点点头，继续说：“标准化还有一个客户体验度的问题，如果一个客户从网上购买了几十斤米粉，结果回家一看每一包米粉有长有短、有粗有细，这样会损害客户的体验度，到时候我们也许会得差评。”

华娜点点头，表示已经理解了。她又拿起手机，继续拍照。

“你帮我拍一张吧。”华娜笑嘻嘻地把手机递给王兴，王兴先是一愣，然后接过手机，替华娜拍摄了几张照片。照片里的华娜美丽大方，让王兴很有好感。

“哦，对了，你应该叫王兴吧。”华娜一边摆姿势，一边问王兴。

“你怎么知道？”王兴反问。

“上次你不是拿了第一名吗？谁不知道啊？”华娜笑道，“况且长平村米粉还是你们家的呢，你现在可出名了。”

王兴有点不好意思，问道：“你应该是华娜吧？”“感谢你对我还有点印象。”华娜说道。

“不好意思，这段时间太忙了，虽然大家都在这栋楼工作，可是闲下来聊天的机会还真不多。”王兴把手机还给了华娜，华娜看着王兴，说：“是啊，大家都太忙了，忙得连身边的人也没有时间认识。”

“确实。”王兴也不知道该讲什么。

“你应该还没毕业吧？”华娜继续问。“是啊，七月拿毕业证。”王兴说。“你是在哪所大学？”华娜问。

王兴报了校名，华娜听了兴奋不已：“是吗？我有一个特别好的朋友就在你们学校，不过她是文学院的，你应该不认识。”

王兴点点头，说道：“我们学校很大，校区都有四个，文学院和我们院不属于一个区。相互遇见的机会很少，不过哪天有机会倒是可以认识认识你的朋友。”

“她回老家教书了，想见到她现在也不容易。”华娜无限感慨。

王兴还想说点儿什么，却被华娜打断了：“有一个问题我不是很明白。”

“你说吧。”王兴说道。

“你只是在这儿实习还是以后都会在这儿工作呢？”华娜问。

王兴笑了笑：“以后都会。”

“这个我可就不理解了，那么多人都往外地跑，为什么你一个高才生依然愿意待在这儿呢？”

王兴依然微笑：“可能跟我这个人的性格有关吧，我想在以后的工作中，你就自然会理解为什么我一定要待在这儿了。”

“为什么呢？”华娜追问。王兴笑而不语。

华娜觉得再问下去就不知趣了，说道：“好吧，不过你这么优秀，在哪儿都会取得成功的。”

王兴表示感谢。

他们互相添加了微信后回到了各自办公室。

08 心得

那天镇政府相关部门、各村村委参观完长平村电商服务基地之后，镇长下达了一个任务，要求参加这次活动的镇政府部门人员和村委委员每个人都要写一篇电商培训心得，讲讲经过一天的学习和参观学会了什么，以后的工作应该如何开展。

下班之后，华娜回到宿舍，想了一晚上都不知道该如何下笔，后来想起给王兴发微信："在吗？"

这时王兴拖着疲惫的身躯刚回到家，一打开微信就看到了华娜的信息，马上回复："有什么可以帮助你？"

华娜："我们领导要我们写关于今天培训的心得体会，还有之后如何展开工作，可是我不知道该从何下笔。"

王兴沉默了一会儿，写道："我相信心得体会倒是很容易写的，至于如何展开工作，我想你务必明确我们这个乡村电商所涉及的各个角色以及你自己的角色，你才能开展以后的工作。"

华娜对王兴的回答很满意，继续问："乡村电商涉及哪些角色呢？"

王兴一一介绍。

华娜看着王兴这一大段文字，有些明白，也有些不明白，不过她还是很诚恳地回复道：“哇，别看你年纪轻轻，居然这么专业，怪不得书记把你当个宝贝似的。”

王兴回复：“呵呵。”

华娜：“那么我们以后应该怎么开展工作呢？”

王兴开玩笑地回道：“听领导安排。”

华娜：“呵呵，领导可真够高明啊。想听你说说以后该怎么开展工作啊。”

王兴这时熟络了起来，继续半开玩笑：“看来我真要明说了，以你的智商，真着急。”

华娜发了一个“怒”的表情。

王兴回复：“好了，不逗你了，具体的工作开展就是寻找更多的人参与电商各环节，也就是让更多人在网上开店，寻找有价值的产品，比如长平村米粉这样的产品。找人、找货，就这两项工作。”

华娜看着王兴的回复，恍然大悟，让更多人开网店不就是深入家家户户宣传吗？寻找产品不就是去深挖特产吗？然

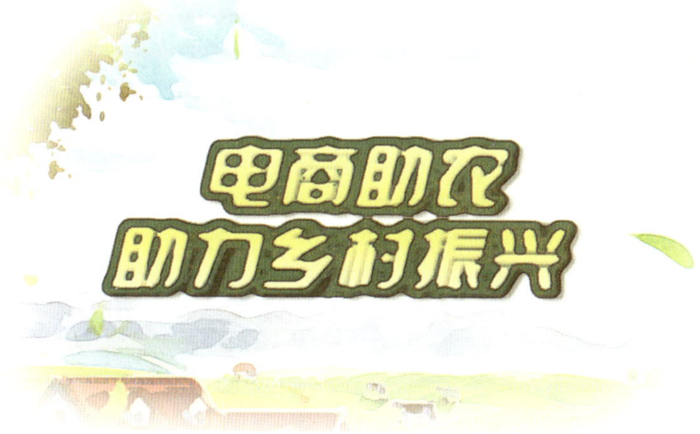

后回复："哦，我明白了，谢谢。"

王兴看到华娜这么客气，不好意思继续开玩笑了："不用客气，大家需要互相合作才能把工作做好啊。"

华娜："还是要谢谢你。不打扰你休息了，晚安！"

华娜按照王兴的指点理了理头绪，很快就清晰了。第二天，她把自己的心得体会和以后该如何开展工作的报告交给了任文天。任文天看完之后表示很满意，觉得华娜领悟能力真是强，然后把这份报告交到了镇长手里，镇长看完之后哈哈大笑，说："要的就是这个效果。"镇长接着要求每个部门、每个村都要大力宣传乡村电子商务，让每一个愿意参与乡村电子商务建设的老百姓都能具体了解到相关事宜。

原本被降职的李国强经过这段时间与任文天的接触，也发现这个人不爱玩虚的，是一个实干家。他摸了摸自己受伤的心灵，也怪自己实在小气。于是提炼了大家的想法，写了一份总结报告交给了镇长，镇长打开一看，发现李国强在字里行间都流露出久违的真诚。

09 化干戈为玉帛

长平村委会这边的专家培训开得热闹，但是肖青山根本没参与。这几天他一直寻思着怎么将自己的纺织品与互联网进行一个更好的结合，靠自己的能力，将自己的产品打造成全省乃至全国的互联网转型示范企业。肖青山雄心勃勃，认为任文天能做的事情，他都能做得更好。抱着这样必胜的信心，他又把他们公司电商部门的营销策划团队召集起来开会。

肖青山是一个聪明的老板，他以前可能脾气太好了，从未正儿八经发过火，不过这次，他想反其道而行之。他把去年四个季度和今年第一季度，总共五个季度的财务报表摔在会议室的桌子上，两眼通红，开门见山地质问："为什么财务报表上的数字一个季度比一个季度难看？难道要让公司关门吗？"

对于一向温和的肖青山来说，说出这么重的话确实属于第一次，公司的营销总监、策划推广总监，你看看我，我看看你，傻了眼，也终于知道这件事情的严重性。

"你们也都是老员工，还有的是我之前的老同事，说出这么重的话我也不愿意，但是，看看这些报表，哪个老板不会心痛？除了去年第一季度和第二季度营业收入都超过七位数，就没有一个季度超过了六位数，再看看今年第一季度，本想打个翻身仗，结果亏损二十多万。你们说为什么？

“哦，之前你们说靠业务员销售很难销售得出去，靠渠道建设也很难，因为加盟商觉得我们这个产品没什么名气，说是一定要打广告，增加名气，结果呢？我没有投入广告预算吗？从最初的户外、广播、电视、报纸，能打广告的地方都打了，可结果呢？渠道建设快一年了，全国只增加了一两个加盟商，零售的销量还是上不去。

“后来你们说这是广告媒介投错了，于是我们加大新媒体广告投入，刚投入的时候还有几个人买，后来又是一片死寂。你们又说，页面广告就算点击进去也不能第一时间购买，于是我就听了你们的话，建了一个旗舰店，结果旗舰店建起来了，你们自己去看看每个月销售了多少？这次你们又要给我找什么借口呢？还是我们运营的同事不专业吗？不专业的我们已经换了七八个了，为什么还找不到专业的呢？你们又说小地方，人难留，可是为什么人家任文天现在搞得风风火火呢？我们比他差什么了？”

不得不承认，在某些方面，肖青山确实很认可任文天。下面的人依然鸦雀无声。

“你们还有最后一个机会，这个季度冲上去了，否则，全部解雇，公司也玩完了。”肖青山这么说，原本是希望这支团队可以重新焕发生命力，继续拼搏，但是没想到电商部门上上下下人人自危，都以为自己快要下岗了。后来整个镇都知道肖青山要解雇电商部门的运营策划团队。这真叫人哭笑不得。

一时间，有说肖青山要倒闭的，有说肖青山经营不善的，有说肖青山是一个败家子的，还有更恶毒的说肖青山想携款逃往国外。还有一些看笑话的，说肖青山以前怎么了不得，现在也沦落到要关门的境地了。当然还有一些营销策划倒是拍手叫好，认为自己的机会来了，然后毛遂自荐，说自己有渠道可以将肖青山公司的纺织品销售到全世界。还有说可以通过互联网思维让他们的纺织品销量翻番，一年盈利，两年上市。

肖青山简直要气炸了天，当初自己只是想倒逼这群人去解决问题，没想到落到这般田地。这会儿，镇长打来了一个电话。肖青山不知道为什么镇长突然给他打电话。“喂，镇长。”肖青山说道。

“青山啊，最近你们公司怎么了？”镇长在电话那头问道。

没想到这件事情都传到镇长耳朵里去了，真是“好事不出门，坏事传千里”。肖青山吞了一口唾沫，不管怎么解释，事实已经摆在那里了，公司运营状况真的很糟糕。但在镇长面前，他也不好多去诉苦：“没什么，镇长，都是风言风语，过一段时间就会过去的。”

镇长也很理解人，心平气和地说道：“家家有本难念的经，我也知道你们做实体产业的面临着诸多困境，我们也在想办法去解决，去帮助实体产业走上一条良性发展的道路……”

听着镇长的一番安慰，肖青山就像一个受了委屈的孩子，突然得到了大人给他的一颗糖果，心里宽慰了许多。

“青山啦，如今这个社会已经跟十年前不同了，放在十年前，你的想法也许是对的，但是到了十年后的今天，你很多想法也许就是错的，那为什么不请专业的人来做专业的事情呢？”

“镇长有何高见？”肖青山问。

“你们是专业搞企业的，问这个问题倒是难为我了。”镇长说。

“当局者迷啊，镇长，我现在真的有些不知所措。”肖青山吐露了心声。

“那天我不是带你去了长平村吗？你不也答应了要跟任文天合作吗？我还在这等你哪天有空去跟任文天签约，可是一直没等到你的消息啊。”镇长说道。

原来长平村委会培训那天，镇长见肖青山没有派人来参加，感到非常担忧，但又不好强迫肖青山一定要参加此次培训大会。正好这几天他也从外面听到了一点风言风语，他认为这个时候是再次促进他与任文天合作的最佳时间。他继续说道：“我知道你们存在一些隔阂，不过我们把话都说开了，又会有什么隔阂呢？就算有隔阂，又能有多大的隔阂呢？什么隔阂是讲不清楚的呢？现在这个社会是一个抱团打天下的社会，合作才能共赢。”镇长说道。

没想到镇长比他还清醒，肖青山觉得自己很惭愧。之前自己一直在与任文天斗气，一点儿风度都没有，如今镇长三番五次苦口婆心劝导安慰他，这让他情何以堪？不过他还是给自己找了一个台阶下去，说道：“之前没合作，不是因为不想合作。”

“有什么问题，我们镇政府能帮你解决的一定帮你解决。”镇长说道。

“我只是担心任文天也不专业。”肖青山说。

“这有什么难的呢？只要他提供一个专业的平台就可以了，他不是人脉极广吗？可以邀请专家传道授业解惑啊。”镇长说。

肖青山想了许久，决定打开心扉接受镇长的意见，愿意与任文天坐下来一起探讨合作事宜。

镇长把这件事情告诉了任文天，说是准备再次邀请肖青山坐下来一起谈合作。任文天听到这个消息自然非常高兴。但是镇长转而又说：“师弟，肖青山对你还是不放心，觉得你不够专业。”

任文天并没有觉得这句话是对他的刁难，然后笑了，说道：“当然，我承认我的不足，所以我并不是什么事情都懂。因为我知道自己的不足，所以我们的电商服务基地才到外面聘请专家顾问团队，目前已经聘请了国内九位电商专家不定时来长平村交流。”

镇长点点头，说任文天这么做是对的。

“我们可以邀请更有实操经验、更资深的专家来把脉，把专业的事情留给专业的人来做，而我只做一个平台，在我们的平台，实现双方的效益最大化。”任文天说道。

镇长笑了：“你的思路非常清晰。”

“趁王教授还在，那我们就定一个时间，把肖青山邀请

过来面谈如何？”任文天建议道。

镇长点点头，说道：“那就明天吧，明天我把肖青山带过来。”

第二天一大早，镇长带着肖青山以及本镇的其他几位企业家一起来到了长平村，这让任文天和王灿云都有点措手不及，真没想到镇长对电商如此热情。大家一同进入会议室开启了今天的主题会议。

刚开始的时候大家都有些拘谨，镇长则一直鼓励大家有什么问题都可以向王教授提。终于有人举手了，他说最近有一个概念很火，那就是互联网思维，今天到现场，主要是很想知道在王教授眼里，什么是互联网思维，传统企业该如何去运用互联网思维。

“互联网思维把用户体验度和用户的评价放在第一位，这才是互联网带给传统企业的重要思想。始终围绕着你的用户来思索这个问题，那么所有的问题都解决了。”王教授说道，“其实互联网思维并没有想象中的那么难以理解，但是终归一点，那就是我们要不停地学习，当我们掌握足够多的知识时，就不会害怕未来的变化，互联网精神是一种拥抱未来的精神，一种改变自己的精神。”

第二位提问人提问：“我很早就意识到企业要借助互联网转型，所以成立了电商部门，也开了网店，可是我厂的销售额也没见怎么提高，这是什么原因呢？”

王教授微微一笑，说：“这个问题其实涉及专业性知识，当然只有将贵工厂的产品结构、电商组织部门、员工水平以及推广力度进行综合考察，我才能说出具体问题所在。可是现在我们在会议室，我就说一些宏观的概念。”

企业家们都听得很认真，尤其是肖青山，他遇到了和这位企业家同样的问题。

第三位提问者提问："王教授，哪些企业适合互联网转型？哪些企业不适合互联网转型？"

"互联网连通万物，所以任何企业都可以与互联网结合，并且做到互联网转型。举一个例子，种植蔬菜能否互联网转型？当然是可以的，利用互联网监控蔬菜的生长，并用智能设备进行灌溉，那可能在不久的将来也能实现，那种实现的过程应该是'互联网+智能设备+'，这就不仅仅是'互联网+'而是'双+'了。但是互联网精神就是一种创新、突破精神，只有你想不到的，没有你做不到的，互联网精神的深邃就是要不断地去突破已经固定成型的东西，突破，创新，一切都可以。所以，千万不要再问哪些企业适合互联网转型，哪些不适合，没有这个概念的。"

第四位提问："我都这么大岁数了，还能赶得上互联网的末班车吗？"

"您现在多少岁了呢？"王教授问。

"41岁。"

王教授点点头，说："首先我想澄清一个概念，互联网没有末班车，互联网向所有人敞开。互联网随时都可以进入，它就像大海一样，包容每一个人。我们有一句古话叫作'朝闻道，夕死足矣'，就是说，如果早上听到了真理，就算晚上死去也不觉得遗憾了。还有另一句话叫作'活到老，学到老'。学习是一件永无止境的事情，如果你认为你老了，那只是你不想学习的一个借口。如果你不想学习，那么你可以找到很多借口，不光光是老了，还有比如记忆差了、太忙了等等；如果你想学习，那么今天，那么现在你就会找到可学习的资料、找到可学习的人，去学习请教。老了，只是不愿学习的借口。”

大家鼓起了掌。

“莫待老来方学道，孤坟多是少年人。”王教授语重心长地说道，“所以，各位，梦想是没有年龄限制的，如果你有梦想，你永远年轻。”

散场以后，在镇长的引荐下，肖青山与王教授一起到休息室见了面。

“王教授今天的课十分精彩，解决了我很多疑惑。”肖青山都还没坐下来，就已经兴奋得不得了。

“哪里，都是别人总结出来的经验，我只是照本宣科。”王教授说的是实情，这些内容确实都是他在很多书中看到的，这一点并不可否认，但是肖青山平日里忙得不得了，哪里有时间看书呢？

“不过我还有另外一个问题想请教王教授。”肖青山说到这儿，一直看着王教授。王教授点点头：“请教说不上，我们可以交流一下。”

肖青山的眼神里透出羞愧和恳切：“我也不怕丢人现眼，现在我是真的遇到了大麻烦……”

王教授身子往肖青山面前倾：“您请说。”

“我是做纺织品的，现在每个季度的销量都在下降，这个季度刚过，我拿到财务报表简直就要疯了，居然亏损了这么多，这样下去，整个工厂都要倒闭了。”说到这儿，肖青山有些沮丧，“我不知道问题到底出在哪儿，我是什么广告都投了，旗舰店也做了，直播也开了，但是销量还是上不去。说出来不怕不好意思，销量完全无法跟我们这长平村米粉相提并论，我这简直就是一个笑话。”

王教授点点头，说："广告的投放有时候靠创意，如果还按照之前做传统广告那一套来做新媒体广告投放，那肯定效果不佳。况且广告的投放有时候也讲究很多策略，如果只是粗放的广告投放，而又没有针对目标客户，这种广告投放也是无效的。"

肖青山在一旁仔细聆听。

王教授接着说道："对了，我想看看贵公司的旗舰店是怎样的。"

任文天把自己的笔记本电脑拿过来给肖青山用。肖青山打开了自家的旗舰店，简直把在座的各位都吓了一跳——店铺页面太烦琐了。

"东西堆放得太多，反而没有了重点。互联网思维里面其实还有一个简约思维，少即是多，简约即是美。现在大多数人其实没那么多时间去看一个复杂的东西，他们都希望自己看到的能用的东西尽量简单，尽量傻瓜化操作，每个人都能用。互联网思维里面还有一个标签思维，那么多的产品，用户为什么要记住你？很容易让人记住，因为这是它的特色。人们只会记住有特色的人，而不太可能记住一个普通的人。"

肖青山一直在旁边点头。

"那么我的特色是什么呢？"肖青山问。

"对于你的产品，我想你比我更加清楚吧。"王教授笑了。

肖青山也点头："我会采纳王教授的宝贵建议，想清楚我们的特色。"

接着他们也谈论了纺织品的市场定位，显然，走向世界不是不可能，前提还是要让产品在本地扎根，要让产品有更深厚的群众基础。

肖青山点点头，表示一定会吸取王教授意见。

王教授继续说：“当然，这些都只是停留在浅层面的销售问题上，我相信在刚才的会议上肖总也听到了，作为企业，我们在电子商务转型的路上不应该将销售停留在单一的层面，比如营销、策划、推广，更应该建设一个良好的产业供应链体系，一个良好的电商生态圈。在这个电商生态圈里面，我们不能仅仅为了解决卖的问题而去开网店，更应该发挥我们是供应商、我们拥有良好的货源这个特点服务更多的优质网商来一起做这件事情，这样我们的企业才能最终做大做强。而这点，我想任文天书记确实可以帮助到您。”

任文天听到王教授这么夸赞自己，只是微笑，一时半会儿也不知道该说点儿什么。肖青山没有说话，但是从表情上来看，他似乎也很赞同王教授的意见。

那天下午他们聊得蛮久，一直到五点多，王教授要走了。任文天本来准备了晚餐，但是王教授实在太忙，吃饭的时间根本腾不出来。因此，任文天就没挽留，大家一起送王教授出去了。

望着王教授开着车远去了，镇长走到肖青山与任文天跟前，说：“肖总，小任，接下来就看你们自己怎么合作了，希望你们合作愉快。”

“今晚我会回去好好思考，明天我会确定我们的合作事宜。”肖青山说完，戴上墨镜就开车走了。

到了第二天上午十一点多，关于肖青山解雇了公司电商部的消息已经传得更加凶猛了，任文天不知道肖青山在搞什么，只是静静地坐在那儿等待消息。结果不出他所料，肖青山打来了电话。

“肖总。”任文天说道。

“我已经解雇了我的营销策划推广团队。”电话那边的肖青山说。

“我已经听说了。”任文天说。

“那么现在我正式聘请你们长平村电商服务基地为我们公司新的营销策划推广团队，待会我的秘书就会把合同送到你们那里，祝我们合作愉快。”肖青山的语气很平静。

这个消息简直让任文天喜出望外，他差点尖叫了起来，但是他保持了镇定：“好的，我们一定会把这件事情做到最好。”

“那就好。”电话那边的肖青山顿了顿，“那就拜托了。”

挂了电话，任文天像一个吃了糖果的孩子，张开手臂，在办公室里“飞翔”。到了下午，任文天接过了肖青山秘书送来的制式合同，他打开一看，年服务费五十万元，不包含以后活动的各项制作支出，付款方式为全款，合同期限一年。后面是肖青山盖的章和签名。

秘书说道：“书记您好，我们肖总说，签完合同之后公司财务会在两个工作日内打款。”

任文天签完合同，盖了电商服务基地的印章后，把其中一份合同给了秘书。

“辛苦了。”任文天说。

秘书微微一笑：“书记客气了，期待以后的合作。”

送别了秘书，任文天跑进电商服务基地，大声跟电商服务基地所有员工宣布：“各位亲爱的小伙伴，我现在跟大家宣布一个好消息。”

大家停下手里的活儿，用期待的眼神看着任文天。

“我宣布，从今天开始，长平村电商服务基地将全权代理肖青山公司旗下纺织品厂的营销运营，合同金额是一年五十万。”

“美元？”小伙伴们齐声问道。“人民币！”任文天喊道。

“噢耶——”大家欢呼。

“各位，可要打起精神了啊，千万别让肖青山老板像解雇他的老员工一样把我们也解雇了。”任文天说道。

电商服务基地一片笑声，王猛充分发挥他的口才，喊道：“我们可不是思维老得掉渣的人，我们可是新时代的年轻人。”

“好了，各位，干活吧。”任文天发出宣言。

10 纺织品上线

肖青山把纺织品旗舰店所有运营权都交给了任文天。那天下午，任文天就准备组织电商服务基地几个得力干将把这件事情做起来，可是他没看到王兴。

“王兴呢？”任文天问设计师李高。李高笑了，那笑容显得几分诡异。

“怎么这个笑容？”任文天问。

“王兴现在桃花朵朵开啊！”李高说。

“有情况了？”这时候电商服务基地围过来几个人。李高故作神秘：“待会他回来了您问他自己吧。”

“那你就是知情人士咯？”林许问李高。

“你们想啊，二十岁出头的小伙子，神出鬼没的，不就是有情况了吗？还用想吗？”李高推测说。

“切，我以为你知道。”大家一哄而散。任文天在一旁笑着，觉得这群孩子挺有意思。

那么王兴到底去哪里了呢？任文天从裤兜里掏出电话又放了回去，心想：都是成年人，肯定办什么事情去了吧。不等王兴了，他“钦点”了团队成员，王兴也在内，这几天准备把肖青山的纺织品从策划营销推广到管道建设全部理一遍，再制定出一套合适的方案给肖青山，也不枉费肖青山对他任文天的信任。

说起来，以前一直抗拒你的人，一旦接受了你，合作起来就非常爽快了，都不用说，合同也好，费用也好，全部准备齐全了。

想到这儿，任文天也觉得肖青山这个人挺有意思，前几天还横眉冷对的，今天一切都烟消云散了。

却说王兴为什么不在办公室呢？其实他是和华娜一起去她舅舅的腐竹工厂了解情况了。原来昨天与镇长一同前来长平村电商服务基地的企业家中就有一位是华娜的舅舅林先生。林先生对电商非常感兴趣，趁任文天和肖青山谈合作的时候，请华娜和王兴再跟他单独介绍一遍。

王兴是一个热心肠的人，带着林先生去了另一间办公室。就在王兴讲到兴头上时，林先生突然接到一个电话，原来工厂来了一位客户，现在要回去签合同，可是他又想继续听王兴关于电商的独特见解。王兴看出了他的左右为难，便自作主张，决定第二天一早和华娜前往他的工厂，继续给林先生讲解，顺便参观考察一下他的工厂。林先生自然非常高兴，当即表示热烈欢迎。

他们俩回到长平村委会的时候已经是中午了，大家都在午休，也没有留意到王兴是与谁一同回来的，要不然又是一番调侃打趣。

此时任文天恰好从办公室走了出来，看到王兴回来了，就招手叫他过去。

王兴屁股还没坐热，就走到了任文天的办公室。

任文天说：“接下来我们的工作还是很重的，大家都要打起精神。”

王兴点点头，他知道电商服务基地日程安排表里写着过几天又有一场关于电商的大型培训。

“我们接下来的工作重点，第一是要做好对肖青山的纺织品的服务，第二是要做好下一场电商培训，第三那就更加艰难了，要深入乡村，挖掘产品，实现长平村每个角落电商化。”任文天说道。

“对肖青山的纺织品的服务？”王兴不解。

“是啊，你不在的那会儿，电商服务基地跟肖青山签下了一年的代理合同，我们将全权代理肖青山工厂纺织品的在线销售推广工作，挑战还是有的，所以我让你来主导这项工作。”任文天说道。

王兴的脸上也有兴奋，表示这真的很不容易。从任文天手上拿过了关于肖青山工厂纺织品的资料，准备晚上好好研究一番，然后第二天把方案全部做出来。

这些纺织品的种类繁多，包括袜子、衬衫、西装、床上用品，算起来居然有六十多种。王兴与策划部同事经过一个晚上的研究，将那些销售得不好的产品全部砍掉了，因为那是不受欢迎的产品，如果只是少数人需要的话，那就没必要开机生产了，可以直接私人定制，这在很大程度上可以节省成本。

去繁求简，把销量不好的产品砍掉之后，还有十几种产品。他们觉得必须在这些产品中找到一个具有代表性的产品，然后打造它的独特性，让别人看见这款产品就能想到这家网店。以一个产品为主打，然后引进流量，再带动其他产品的销售。

经过反复讨论，他们最终选定了“袜子”。那么一双袜子又有什么独特之处呢？有什么理由让消费者一定要选择你的袜子呢？透气？不臭脚？吸汗？预防脚气？可是这些标签基本被人用完了，再用的话就没有意义了，也没办法找到这双袜子与其他品牌的差异性。针对这个问题，客户的要求是必须强调袜子的健康、绿色，于是他们决定采用与众不同的广告语——“一双可以吃的袜子”。可以吃的袜子？连袜子都可以吃？这并非虚假广告，而是强调了这双袜子在制作上的良心，商家保证没有使用任何化学制剂，全部采用可食用的苎麻作原材料。这就重新回到了健康和绿色产品的标志，倒也可以很快与其他品牌区别开来。

将产品的VI体系搭建好了以后，他们就开始对旗舰店重新装修设置，主打的是简单明了的风格。把之前花花绿绿的装饰全部剔除，用极为流行的布料颜色凸显“青山”这个品牌作为背景，让消费者先入为主。然后与长平村特色馆做了互通链接。

这套方案在第二天就获得了肖青山的认可，于是大家紧锣密鼓地分工实施。全新改版的“青山纺织品旗舰店”在上线后的第四天就收获了大量访问量，销售量也急速增长。

人们看到这句广告语——“一双可以吃的袜子”，觉得很特别，纷纷留言：想看看一双可以吃的袜子到底怎么样。

微博上人们也开始议论，如：“一双可以吃的袜子舍不舍得穿在脚上？”或者“穿在脚上的袜子还能不能继续吃？”有人在微博上调侃：“这回得把袜子藏起来，别被老鼠偷吃了。”还有人笑称：“以后就不用担心零食的问题了，脚上多穿双袜子就好了。”

看到这些，肖青山也笑了，很是满意，有流量就有销量，毕竟这就是一个流量为王的世界。

11 培训班里的插曲

王兴他们还没开始庆祝，就接到了任文天的另一个通知，后天将有一场针对长平村所有村民的电商培训大会，他将在大会上宣布一项重大决定，那就是实施“电商扶贫计划”，大家要做好准备工作，并挨家挨户通知到位。

“书记，怎么这么快就又培训了，上次不是培训过一次吗？”王兴发微信问道。

“上次王教授虽然讲得好，可是最近我听村民反馈，他们好像没有听懂，我想再做一次培训，这是计划之中的事情，上次也跟你们说过了。”任文天说道。

“上次你说过培训的事我记得，只是我们村很多村民大字不认识几个，不知道如此反复培训有没有效果。”王兴说道。

“你有没有听过这样一个故事？”任文天在这句话后加了一个笑脸，然后开始发语音信息，“以前有一个关于不爱笑国家的故事，说的是那个国家从国王到臣民都不爱笑，后来不爱笑国家来了一个外国人，国王见到这个一天到晚乐呵呵的外国人很是好奇，问他：‘你们外国人都爱笑吗？’外国人点点头。‘那么你能让我们不爱笑国的臣民笑起来吗？’外国人啥也没讲，自己傻笑了起来。国王不依不饶，继续问：‘你为什么笑？’外国人依然没有回答，离开了国王，一路笑，从皇宫笑到街道，从街道笑到了小巷。围观的人群觉得这个人非常好玩，有几个小孩站了出来，跟在外国人身后，模仿他大笑的样子。久而久之，越来越多的人开始模仿这个外国人的笑，不爱笑国家终于爱笑了。”

王兴一边听着任文天的故事，一边笑，然后继续用文字信息回复任文天：“这个故事好像之前从未听过。”

“这个故事是否听过不重要，重要的是，这就是影响力、感染力，这就是传播力、推广力。当我们一直在做一件事情的时候，我们的行为就会影响到很多人，让很多人加入我们的行列，去做这件事情。就像我们做乡村电商一样的，我们从成立到现在，大概过去两个月了，虽然我们没有做到让每个人都参与进来，但是持之以恒，人们也会跟着一起来模仿，这就叫作‘星星之火，可以燎原’。”任文天说。

“‘星星之火，可以燎原’，我想这也是书记做电商扶贫计划的原因吧。”王兴笑道。

“没错，毕竟最近我们通过网络销售赚了点钱，我想应该让村民们一同参与分红，老百姓只有真正得到了实在的好处，他们才有动力，毕竟大家都要生活，不是靠梦想维持生计的。”任文天说。

“非常赞同，我想这应该就是‘共同富裕’吧。”王兴点点头，非常佩服任文天。

“我始终认为，数字是最直观的表达，人们对数字的敏感大于人们对语言的敏感，只有将长平村电商服务基地的红利实时公布，村民心中才会荡起波澜，这样他们才会觉得这件事情是可以去做的，他们就会主动去了解、主动去改变、主动去融入我们这个电商发展大家庭，最后才能达到共同富裕的目的。”任文天说。

王兴对任文天佩服得五体投地。

很快就到了培训当天。这次培训是在下午两点开始，但是当电商服务基地所有工作人员准备妥当的时候，前几天报了名的村民们这一次好像集体爽约了，没来几个人。

任文天急了，逮着李国强，问：“人呢？”

“这两天我们都挨家挨户通知到位了，怎么这么多人都没来呢？”李国强也急了，左顾右盼，言不达意，拿起电话，打给了曾晓静：“晓静，你们组织的人呢？”

曾晓静在那边语气很仓促：“对不起，我们没把工作做好。”

“怎么回事？”李国强也意识到了事态的严重。

“村民们不想来培训了，现在怎么劝也劝不动。”电话那头的曾晓静极为难堪，“村民们突然觉得电子商务没啥用，所以就不想浪费时间来听课了。”

“前几天不是好好的吗？大家还热情高涨的。”李国强问。

“上林组以前也有一个大学生，在网上看到了关于乡村电商的机会，于是辞了自己的工作，回老家搞农村电子商务，想通过乡村电商带动村里的经济发展，可是过去一年了，一分钱也没赚到，反倒把自己拖穷了。有这样的例子，村民们不想再搞电子商务了，觉得那东西都是骗人的。”曾晓静说道。

李国强轻轻地把电话放了下来，这件事情他也听说过，去年确实有几个小伙子从大城市回来，准备在他们村做电子商务，但是一直都没什么进展。他差点把这件事情给忘记了。

李国强把这件事向任文天汇报了一下。说白了，村民们在电子商务上看不到多大的希望，就觉得没有必要来听课了。任文天二话没说，开着车与李国强一起赶去上林组。

“村民们还是目光短浅了，我们电商基地明明赚钱了，怎么会没信心呢？”李国强坐在车里面，不停地抱怨。

“好事不出门，坏事传千里。这也是我刚到长平村的时候，一定要把长平村电商服务基地的开业仪式搞得热热闹闹的原因。”任文天说。

“还是书记想得周到。”李国强赞扬道。

任文天开着车，稍作停顿，突然转移了话题，对李国强说道：“主任，这段时间委屈你了。”

“啊？”任文天突然冒出的这句话让李国强很是不知所措。

“总之一句话，只要我们现在把手上的事情做好了，未来肯定会光明的。”任文天的话滴水不漏，李国强揣摩着，说道：“那是，只有做好了工作，群众才会支持。”

他们赶到上林组的时候已经是三点多了，那时候上林组已经没了人，种地的依然种地去了，放牛的去放牛了。只见曾晓静、华娜和上林组组长三个人还坐在上林操场的宣传台前，有些茫然不知所措。看见任文天和李国强都来了，曾晓静赶紧站了起来。

“书记、主任。”曾晓静上前汇报。

原来长平村上林组以前有一个叫作林晓恒的天才少年，六年前以全市理科第一名的成绩考取了一所非常有名的大学。这在长平村可是轰动一时的大新闻，以前的长平村可从没出过市状元。当时任上的镇委书记都亲自到了上林组祝贺了林晓恒，可见影响之大。

两年前林晓恒毕业后在北京一家大型网络公司工作，月

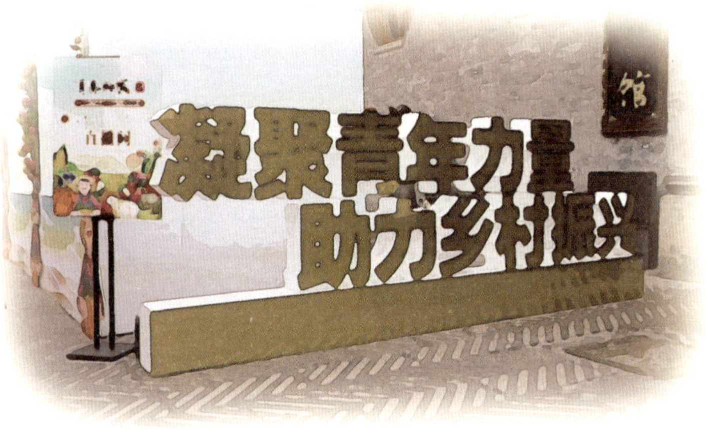

薪早已过万了。他是一个非常勤奋刻苦的人，考上了好的大学，工资也很不错，成为整个长平村年轻孩子向往的目标。长平村的父母教育自己的孩子时都会说：“你还玩，你看看人家林晓恒，考到了那么好的大学，现在都几万块钱一个月了，所以呀，孩子，要好好读书，将来也能像林晓恒一样有出息。”

可是这林晓恒呢，去年辞去了北京的工作，说是要在上林组搞什么乡村电商，用电子商务带动上林组的经济发展，让上林组的人通过互联网，足不出户把自己的商品卖出去，坐在家里就能实现共同富裕。当时大家都非常相信林晓恒，觉得这孩子是一个名校毕业生，又那么有出息，肯定能做出一番大事业。可是过去一年，林晓恒一点儿名堂也没做出来，反而让家里倒贴钱。邻居就觉得好奇怪，有好事的人就问林晓恒父母，他们家孩子做出啥名堂了吗？

林晓恒父母面色很难看，不知道怎么回答邻居。

“不会是沉迷网恋了吧？”邻居脸色大变，“现在这些孩子啊，有时候现实与虚幻就是分不清，疯狂迷恋网上的一个虚拟的女孩子，天天躲在家里，盯着电脑，这样下去可不得了，会得病的。”

林晓恒父母本来就没什么文化，一听邻居这瞎嚷嚷，又想着林晓恒这些天待在家一点儿名堂也没搞出来，也迫切地想知道儿子在家里到底干了些什么。于是他们俩有时候趁着林晓恒在房间上网，偷偷溜进去看看他到底在干什么。这次数多了，就让林晓恒实在忍受不了了。

这时候父母就开始抱怨林晓恒，还劝说他做点儿正儿八经的事，也让父母脸上有些光。面对质疑，林晓恒有时候也很伤心，有时候也很迷茫，不知道自己到底在做什么。父母后来越来越着急了，觉得林晓恒可能哪里出了问题，或者得了什么精神病，或者……想到这儿，林晓恒家里人就非常焦虑，时常从外面请一些术士回来给林晓恒看病。这个消息传遍了上林组，人们都觉得很恐怖，都说是电脑把一个好端端的孩子给害了。人们又开始这么教育自己的孩子，说：“孩子啊，千万别碰电脑，你看看人家林晓恒，以前那么好的一个孩子，现在都得精神病了，以后媳妇都娶不到了，真是没出息啊。”

就这样，“林晓恒得了精神病”的说法就在长平村传得沸沸扬扬，人们对互联网、对林晓恒都有一些恐惧，害怕林晓恒哪天突然精神病发作，干出什么伤天害理的事情来。

村里面的谣言有时候也会传到林晓恒的父母耳朵里，他们有时候也会躲在角落里抹眼泪，说：“这孩子以后娶不到媳妇了。完了，彻底完了，林家要断香火了。”所以现在，人们都在抵制互联网。人们说：“培训什么啊？不就是怎么变成林晓恒那样吗？！”

任文天听完，怒火中烧，瞪着他们问道：“为什么上林组有这样一个人才我都不知道？你们干什么去了？”

刚刚在车上还好好的，李国强不知道任文天为什么发这么大的火，但他也不敢直接顶撞自己的领导，赶紧说：“对不起，对不起，这是我们工作上的失误。”

林组长也在一旁赔不是，很遗憾地说道：“我们也是没啥文化的人，也不太懂得林晓恒这些高才生是怎么想的，当然更加不知道书记这么关心，所以就……”

任文天也知道，这件事情也不能全怪李国强和林组长，有什么好说的呢？

“那么现在，带我去见见林晓恒吧。”任文天的态度缓和了下来。

“可是林晓恒今天早上出去了。”林组长说，“听他父母说，要晚一点才会回来。”

“那我们去他家里等他吧。”任文天决定。

“必须见到林晓恒，他可是难得一见的人才，绝对不能让林晓恒这么委屈。”任文天心里颇有感触。同为名校高才生，同样是来自山沟沟的大学毕业生，那些误解，那些惆怅，他又何尝不知呢？说不上英雄惜英雄，但他也是从林晓恒这个年纪走过来的，知道这孩子内心的悲伤。

12 力邀林晓恒

林组长带着书记一行人来到了林晓恒家里。林晓恒家是一栋独立的两层楼房，内外都有装修，在上林组还算蛮好的。林晓恒上大学那几年基本没有用过家里的钱，几乎每一年都拿了国家奖学金，用奖学金交完学费之后，还有一些闲钱用于日常开销，但他从来不会大手大脚地花钱。后来他自己参加了工作，把工资节省下来，每年都会拿出一部分寄给家里。林父林母将这些钱全部存起来，用于盖房子和装修，才有了现在这栋楼。

他们到林晓恒家里的时候，林晓恒的母亲刚从外边种完地回来。见到李国强和林组长，林母有些慌张，急忙放下农具，喊道："主任，组长。"林母不认识任文天、曾晓静和华娜，所以没叫出来。

"你好，这位是我们村的任文天书记，这两位也是我们村委会的工作人员。"李国强走上去，给林母介绍了任文天等三人。任文天伸出手，要与林母相握，林母双手在衣服上左擦右擦，害怕自己的手太脏了。任文天笑了，说："没关系，您儿子在吗？"

“我儿子出什么事情了吗？”林母更加紧张了，心想：为什么书记会问起她的儿子，难道任书记也知道儿子得了精神病吗？

任文天笑了，说：“大姐，您儿子是一个好儿子，怎么会出事呢？”

“那就好，那就好。”听到书记对儿子的评价，如果放在一年前，她会笑得很开心，但是现在，她一点儿也笑不出来了。

“其实啊，今天我们来找您儿子，主要是希望他可以帮助我们。”任文天说。

“哟，书记，您这就太见怪了，我们家儿子可——”任文天马上打断了林母的话，说：“您家孩子可真是了不得，居然走在我们前面做了我们还没有去做的事情，我是代表村委来向你们孩子表示感谢的。”

这话让林母乐开了花，多久没听到关于儿子的好话了。任文天继续给林母做思想工作，说：“大姐，关于您儿子的事我刚才也听林组长说了。”

“唉，让书记见笑了，我们——”林母吞吐了半天也没说出一句话。

“没关系的大姐，您慢慢讲。”任文天安抚道。

“我们也不知道孩子这是怎么了，就是挺为他着急的。”林母说。

“林晓恒从小到大都很勤奋，都很刻苦，很听话，很孝顺，从来没做过出格的事情，作为父母，你们应该完全相信自己的孩子，不是吗？”任文天说。

林母在一旁不停地点头。

“林晓恒现在做的事情叫作互联网创业，回乡通过电子商务创业来带动整个上林组实现经济的发展，这是非常伟大的想法，我们应该鼓励并且帮助林晓恒把这件事情做得更好才对。”任文天说。

林母只是在一旁点点头，不知道该说点儿什么。

“电子商务创业，是一个低门槛的创业方式，如果做得好，可以以小博大，我相信在最初做选择的时候，林晓恒应该意识到了这一点。只是这一年下来并无实质性进展，可能让您与林晓恒的父亲失望了，但是创业有时候就是这样，是一场苦战，如果熬过去了，就会雨过天晴，如果熬不过去，就会失败。现在的林晓恒，虽然经历了失败，但是他还年轻，再加上现在政府对互联网创业的支持，我相信不用多久，他就会挺过去，到时候就可以实现他的创业梦想。所以，作为父母的你们，应该支持孩子的梦想才对。”任文天顿了顿，继续说道，“今天我们来这里的目的很简单，就是来听听他在互联网创业的过程中到底遇到了什么困难，看看我们村委能不能帮到他。”

林母听了很感动，坐下来与大家继续聊着儿子的情况。

“我儿子除了学习好，还非常喜欢雕刻。雕刻是我们这个村小组的传统技艺，特别是根雕，以前几乎家家户户都有拿得出手的几样雕刻品，还有人以这个谋生，雕刻好就挑到城里走街串巷去叫卖，但现在没有人愿意以此为生了。我儿子小时候放学回家就会去河边捡石头，也会去山上挖木根，拿回家来雕刻，雕刻出奇形怪状的东西。但当时我们都认为儿子天天做这些东西已经没什么用了，一度禁止他这么干，要求他考上大学之后再折腾这个。儿子也很听话，就先放下了雕刻这件事情，每天认真读书，后来真考上了大学，还找到了一份不错的工作，当时我们都很满意。

“但就在去年过年的时候，儿子突然跟我们说，他把北京的工作辞了，要回家通过互联网创业。我们问他创业准备干点什么，他说一边雕刻，一边网上卖，这样一来，不仅结合了自己的兴趣爱好，也能赚到钱。当时我们都很反对，问儿子卖雕刻能赚多少钱呢？儿子反倒是胸有成竹，说只要雕刻得好，形成自己专有的艺术风格，会有很多人买的，到时候可以赚到很多钱。

“一直以来，我们都非常相信儿子，也相信儿子既然选择了这个方向就有他的道理，起初还很支持。可是过了大概半年，每天儿子躲在家里雕刻，一会儿拍照，一会儿上网，但根本没有人来买他的东西。这天天待在家里，怎么赚钱呢？我们压根搞不懂。

“有一天，儿子把我和他爸都叫了过去，把在网上售卖的整个流程展示给我们看，说是在网上既有图片又有价格，只要有人通过互联网看到了图片、喜欢上了图片上的东西，就可以下单，把钱转到他的账户里。我们就问他赚到了钱吗？儿子非常沮丧，说没有。

“互联网创业可能可以赚到钱，但看到儿子每天待在家里雕刻，然后上网，我们觉得他这样下去肯定不行。于是开始托亲朋好友，看看哪儿有什么靠谱的工作给他介绍介绍。但是儿子都拒绝了，说早已不喜欢每天早出晚归的工作，还是想做点自己喜欢的事情，虽然钱少点，但是很开心。

“可是他爸见不得儿子这样，说一个大男人，每天窝在家里多没出息，又没钱，以后娶媳妇都是一个大难题。

“他爸一直以为儿子不务正业，在他爸看来，这孩子没有责任感，得给他早点娶个媳妇，成家了才知道什么是责任，就四处委托别人给儿子相亲。但儿子还是拒绝。后来我们都以为儿子走火入魔了，我们这心里真是急得慌，还请术士来驱邪，搞得整个上林组都人心惶惶……”

林母讲着讲着，眼角泛起了泪花。她非常自责地说：“现在想起来，儿子能有什么病呢？真是我们太没文化，什么都不懂，不仅没有在儿子最需要我们帮助的时候帮上忙，反而把儿子当成了一个病人来看待。”

听了这些话，任文天越发觉得心痛，这和自己小时候又何尝不是一样的呢？当年除了读书，其实他还有很多爱好，比如文学，那时候他本来想报考文学院的，但是父母坚决反对，于是他学了经济。如果每个人都可以按照自己的意愿去追求、去生活，那该有多好啊，可是“人生不如意事十之八九”。

在骨子里，任文天是非常支持，也很佩服林晓恒的，林晓恒敢于放弃已经拥有的一切，回归自己最初的梦想——雕刻，然后试图将自己的爱好与日后的事业和生活结合在一起，如果成功了，那该是一件多么快乐的事情？是啊，应该去努力帮助别人取得成功才是啊。任文天长叹了一口气，当年自己不敢去做想做的事情，如今遇到了一个经历相似的人，就应该去鼓励他、帮助他。

任文天也很感动，觉得林晓恒这个孩子真心不错，敢于追逐自己的梦想，并且在追逐自己梦想的过程中毫不犹豫，应该得到支持。

曾晓静也很佩服林晓恒，没想到长平村也有这么一号工匠式的年轻人物，她希望自己可以在林晓恒的梦想之路上帮上忙。

“阿姨，您能不能带我们参观参观林晓恒学长的根雕呢？”华娜问道。

“哦，当然可以。”林母擦干眼泪，带着大家穿过大厅走到林晓恒办公用的房间。房门一打开，一股草木的清香味扑鼻而来，沁人心脾。展示在人们眼前的就是房间内摆放得整整齐齐的根雕，这些根雕惟妙惟肖，栩栩如生，惊为天人。在场的所有人，包括不懂欣赏艺术的李国强和林组长，都露出惊讶的表情，惊叹道“实在太完美了”。

任文天赶紧拿出手机，问林母能否拍照？林母点点头，表示可以。任文天走进房间，猛地拍起了照片。

任文天看着这些天才的作品，心里既震撼又难过，问林母：“前段时间我们推出的电商创业技能大赛难道你们不知道吗？”

“啥？”林母很茫然，不知道任文天说的是啥。任文天看了看李国强，李国强脸都青了。他又看了一眼曾晓静和华娜，她们俩都低着头。奖励政策制定得再好，但与群众的距离实在太远了。任文天当下就明白了，果然他们觉得自己做得风风火火的，好像做出了点成绩，可是根本没接到地气。换句话说，深入群众的工作做得不到位，群众都是很简单的，他们要的是关怀和关切。他知道自己要走的路还很长，要做的工作还很多。

就在这极为尴尬的氛围中，林晓恒从外面回来了，手里提着一大篮子的木根。见这么多人都挤在自己的根雕房间里，他还有些莫名其妙，眼神里也流露出几丝防备。

林母见儿子回来了，赶紧从房间里走出来，从他手里接过那一篮子的木根，拉着他的手，说：“儿子，你看，连书记都来看你了。”

这时候大家都从房间里走了出来，走到了大厅。任文天走到林晓恒面前，伸出手：“你好，我是长平村支书任文天。”

林晓恒并不胆怯，果断地伸出手来与任文天相握：“您好。”

任文天看了一眼林母手里提着的一篮子木根，凑过去随手拿起其中一根木根，大赞道：“哟，这木根看起来真不错，闻起来还挺香的。”

林晓恒见任书记也挺喜欢木根的，就跟书记介绍了这些木根，说：“这些木根还不是上好的材料，只能雕刻出普通的装饰品。”

“是嘛，不过普通的木根经过你的手，都能成为精美的艺术品。”任文天说。

被夸赞了的林晓恒倒也露出几分羞涩。

任文天继续说：“待会回去，我一定号召我们办公室的人都到网上购买你的产品。”

林晓恒两眼一亮，好像遇到了知己：“书记听过我的电商店吗？”

“刚才你妈妈已经跟我们讲过了，你看，我们刚刚还观

赏了你的作品呢！”任文天说。

林晓恒点点头。

“你在创业的过程中有遇到什么困难吗？”任文天话题一转。

这个问题让林晓恒有些不好意思回答，说：“可能在销售上还存在一些问题。”

任文天点点头：“那就需要好好策划一下。”林晓恒点点头。

“我们在长平村专门建立了电商服务基地，专门服务电商的成长，我想我们只要一起合作，一定可以把这个根雕艺术做起来。”任文天说。

林晓恒依然点着头。

任文天又看了看天色，天色已暗，也快晚上了，再待下去的话林母一定会留他们吃饭，这个也不方便，于是问道：“林晓恒同学，明天你有空吗？”

林晓恒先是摇摇头，很快又点点头：“本来计划明天要雕刻一件工艺品，但我想今天晚上应该能雕刻完。”

任文天点点头，说：“那就好，我们就约在明天，明天我在村委会等你来。”

“这怎么使得？”林母在一旁觉得挺不好意思的。

但是任文天很坚定，转身对李国强说：“李主任，你的工作确实没做到位，为了将功补过，明天你一定要陪同林晓恒一起来。”

李国强赶紧点头，表示一定照做。

任文天从公文包里面拿出了一支笔和一张便笺纸，写下了自己的电话号码和QQ号，还注明微信号就是QQ号，之后递给了林晓恒：“林晓恒同学，待会你有空了加我QQ和微信，我们随时保持联系。”

林晓恒接过了任文天的联系方式，很激动，没想到长平村也有这么好的一位书记。

任文天拍了拍林晓恒的肩膀，说：“认识你很高兴。”

林晓恒只是呆呆地站在那儿，激动得一句话也说不出来。

“那么，大姐，我们得走了。”任文天跟林母打招呼。

林母也突然意识到他们在这儿讲了很久，却已经忘记现在都晚上了，说道：“哟，瞧我，都晚上了，要不吃完饭再走吧。”

任文天说：“谢谢大姐，晚上我们还有一些工作要处理呢。”

“我们家做饭挺快的，不会超过三十分钟。”林母非常地热情。

“这次真的不了，下次，下次吧。”任文天一边说着，一边走出了林晓恒家门。就在这时，任文天看到林晓恒家门口站满了周边村民。原来，村民们看见林晓恒家门前停着一辆轿车，林组长也在这儿，很是好奇，就都聚集了过来，想看看林晓恒家到底发生什么事了。

任文天微笑着看着围过来的村民：“各位乡亲，大家好，我是村委书记任文天。”

这会儿众人七嘴八舌：“任书记，我在电视上看过您，您跟电视上长得一模一样啊。”

任文天听到乡亲们认出了自己，也很高兴：“希望大家以后多多支持我们村委的工作啊。”任文天一边说着，一边双手合十，走到了车旁边打开车门，上了车。村民们赶紧让出一条道，目送任文天的车驶向村委会。

任文天开着车，满脸愁容："不到下面走一圈，真的不知道我们的工作到底做成什么样子，任重道远啊。"

李国强想把责任揽在自己身上，但是任文天却摆了摆手，说道："这事怪不了你们，这事情需要时间去磨，一遍又一遍非常有耐心地去磨。"

大家点点头。

"书记，我有一个问题不知道该不该问？"良久没开声的曾晓静开口了，见任文天点了点头，便继续问道，"为什么这么器重林晓恒？"

"年轻人就是我们的镜子啊。镜子里，映照着我们的过去、预示着我们的未来。"任文天说道，"从人的本性上来讲，我们都不希望镜子里的自己走歪路，帮助他们就像帮助曾经的自己。"

他们在车里一直聊着，慢慢离开了上林组。

但是林晓恒却依然站在家门口，遥望着那辆已经看不见踪迹的小车，自从辞职创业到现在，这是他最为感动的一天。以前他都以为自己是掉入无底洞的孩子，周边无人救他一命，好像快要死了，如今村书记的到访让他突然找到了救命稻草，也让他在黑暗之中看到了一点儿希望。

他拿着任文天给他的联系方式，添加了QQ和微信，等待任文天的通过。

"晓恒，过来吃饭了。"林母喊了一声还傻愣愣地站在大门口的林晓恒，林晓恒"哦"了一声，然后走了进去。

13 协同作战

华娜吃完饭回到自己的宿舍，打开手机微信，见第一条信息就是王兴发过来的。看着王兴温馨的问候，华娜心里暖暖的，回复："王兴同学，很抱歉这么晚才回复你的信息，你放心好了，没什么事情。"

王兴正好在吃饭呢，看到华娜的回信说没什么事情，也就放心了。

王兴简短回复："没事就好。"

华娜发来了一个微笑的表情，随后说道："不过今天我在上林组发现一个跟你很相似的人，他也是高学历，很有想法，也是做电商的。"

王兴对这个人还是很感兴趣的，回复："是嘛，那可得了解了解。"

于是华娜一五一十地把今天发生的事情告诉了王兴，王兴看着华娜大段大段的文字一直没有插嘴，也为林晓恒感到委屈、心酸。不过这世间总是如此，有些人受尽磨难、打击、挫折，受尽他人嘲讽，但只要是依然敢于做自己的人，就是他王兴心目中的英雄。

华娜介绍完后，王兴正好吃完了饭，回复道：谢谢你，华娜，让我认识了这样一个人物，以后在工作中，我想我们还会认识的。

华娜回复：那你到时候可得帮帮人家。

王兴笑了，回复："帮"这个字可不要轻易说出口，因为帮助别人也是需要智慧的，如果我智慧有限，就给人家帮倒忙了。

华娜发了一个调皮的表情并回复：我相信你的智慧。

王兴回了一个囧字表情后把手机放进了裤兜里，起身来到窗户边，望了一眼窗外的天空，黑乎乎的，什么也看不见。

任文天回到村委之后，听到自己的手机QQ提示音，一看QQ，备注上写着：林晓恒。原来是林晓恒添加了自己，他马上接受，并发了一个微笑的表情给林晓恒。

林晓恒很快回复：书记好。

任文天：不要称呼书记了，叫我哥就好了。

林晓恒：不妥吧。

任文天：我没大你几岁，叫哥正常。

林晓恒：好的，哥。

任文天：哥跟你这么大的时候，不像你这样坚定地知道自己要去干什么，每天浑浑噩噩的，不知所措，只是后来响应国家号召，报考了村官，没想到这几年倒也顺利。所以，其实人生就是这样，没一个准头。但是就算人生没有一个准头，我们都要好好过自己的生活，遇到问题，解决问题，只有这样，才不枉此生。

任文天俨然一副哥教导弟的态度，不过这话对于林晓恒来说真的非常受用。林晓恒回复：谢谢哥。

任文天：对于艺术品，其实我以前在上大学的时候也收藏过一些，你能把你的网店网址发给我吗，我想看看。

林晓恒把自己网店的地址发给了任文天，其实网店的链接就在林晓恒的QQ签名上，但任文天还真没注意到。

任文天打开电脑，从电脑端打开网店链接，说实话，林晓恒的网店装修得赏心悦目，甚是精简，与根雕艺术也极为搭调，古朴而又有内涵。再看里面的艺术品，还有些是今天在房间里没看到的，如今再看一遍，也有很多惊喜。那些艺术品的构思并非天马行空，而是根据材料外形特征刻出来的，每一样艺术品都显得非常自然。

任文天叹为观止，这么好的东西为何月销量为零？不过想起来也难免有些悲伤，现在懂得欣赏根雕艺术的人还是太少了。

任文天一边看，一边想，然后回复：其实你的根雕艺术感很强，但是说到怎么让这些艺术品实现经济效益转换，这个我现在真不太懂，不过这件事情倒也可以交给我们长平村电商服务基地来做，这里有一大波有理想有抱负的年轻人，他们在营销策划、媒介推广方面确实做得不错。

林晓恒看到这条消息后非常激动，回复：那我明天一定过去。

任文天：明天你和李国强早点过来。林晓恒：好的。

“叮咚”一声，林晓恒听到熟悉的电商声，原来这时候有一个订单，地址是村委。林晓恒赶紧问任文天：刚才是您下订单吗？

任文天回答：是啊。

林晓恒：我送您就好了，不必花钱的。

任文天发了一个微笑的表情，说：我们可是公务员！

林晓恒笑了，然后接了这个订单。

任文天：记得明天送货上门。

林晓恒：得走正规物流程序，否则存在刷单嫌疑。

任文天：OK。

第二天林晓恒与李国强果然来得很早，八点钟就到了，那时候任文天也才刚到办公室。

“书记好。”任文天双手示意林晓恒坐下来，然后把王兴叫了进来，并对林晓恒介绍了王兴，王兴很高兴，昨晚他在华娜那里已经对林晓恒有了一定的了解。任文天交代王兴：“林晓恒是做木根雕刻手工艺品的，你看你这边能不能帮他策划出一套完善的方案，我想把这种艺术品当作我们村的一个特色来打造。”

坐在一旁的林晓恒有些激动。

王兴想了想，一边打开电脑一边说：“我先看一下晓恒的网店卖什么东西，先把网址发我QQ上吧。”

“昨晚就发给你了，你当时应该没上线。”任文天说。

王兴有些无奈，拍了拍脑门，说：“很抱歉。”

“滴滴滴……”王兴一打开QQ，就看到任文天的头像闪啊闪，点开后看到了“晓恒的工艺品店”链接，王兴开玩笑说：“原来真的是晓恒的工艺品店。”

王兴看着晓恒网店的装修风格和展示的商品，感受与任文天基本上是一致，赞不绝口：“果然都是艺术品。”

林晓恒坐在一旁也有点不好意思：“哪里，哪里，都是瞎刻的。”

王兴看着林晓恒说：“这种艺术品，针对的人群不是那么广泛，不能用推广米粉的方法来推广艺术品。”

任文天点点头。

“我想把这些艺术品通过线上和线下相结合的方式来进行推广，首先，把根雕和其他手工艺品摆放在我们长平村电商服务基地，因为我们基地平常都会接待一些前来参观考察的企业家等，到时候如果人家正好看上，倒也可以直接线下体验，线上购买，这不失为一个好办法。”王兴这个点子很到位。

大家听着点点头。

“如果真的要将这种根雕和手工艺品打造成整个长平村的特色艺术品，那么也要像肖青山先生的纺织品一样，作为特色旅游产品来打造，并且我们要赋予根雕深刻的主题，这样一来，既把根雕卖了，也可以推动长平村的旅游事业发展。”大家依然点着头，觉得王兴这个想法非常好。

王兴的视线从电脑屏幕上转移到林晓恒身上，问：“如果真的要把根雕做成长平村的特色，就有一个问题是非常严峻的。”

“你请讲。”林晓恒说。

“你现在的根雕有多少呢？”王兴问。

“不多，总共只有六百多件。”林晓恒说。

“这就不够了，如果可以发动上林组比较悠闲的人一起做根雕，或许我们真的可以将上林组打造成根雕艺术之乡，并且就在上林组组建一条艺术走廊，然后看能否与其他商家合作，举办一场关于长平村的根雕艺术展，我想只有这样，我们的根雕艺术才能做到最好。”

在场的四个人听着王兴的阐述，每个人都在点头。任文天尤其欣赏王兴这点，想法够大胆，说：“我觉得王兴这个想法非常好，那么晓恒，你还有什么疑问吗？”

林晓恒苦笑了一下，说：“最早的时候我也是这么想的，可是苦于我自己都还没把根雕艺术做好，我不知道上林组的人是否愿意跟我一起干？如果他们都认为这个根雕没前途，就不知道还有没有人去做。”

“所以要在这里打造一个示范效应。”任文天说，“要不这样，晓恒，你把你所有的工艺品都放到我们长平村电商服务基地来，我们用最佳位置来展示。我再给你一间办公室，你可以在里面办公，这样也方便我们交流。”

王兴觉得这个办法好。

任文天继续说道：“晓恒，你可以在这里安心办公，我们也会协助你把你的艺术品推广出去，一旦形成示范效应，改变了父老乡亲们的思维，他们很快就会模仿起来，到时候就算我们不去组织他们做根雕，他们自己也会开始做的。一旦做根雕的人多了起来，就会形成氛围，到时候上林组就自然成了‘根雕艺术之乡’。”

林晓恒表示赞同，然后跟着王兴出去参观长平村电商服务基地了，而坐在办公室里的任文天又突然有了另一个惊人的想法。他立刻拨通了镇长的电话：“镇长，我有了一个更大胆的想法，我想把我们长平村打造成一个电商村。”

“电商村？”镇长似乎很感兴趣。

任文天说：“是的，前段时间我研究了全国几乎所有的电商村，它们各有短板，但我们这里却有得天独厚的条件。我想我们长平村是不是也可以打造成一个具有全国影响力的电商村呢？”

“你说说看，为什么你们长平村一定行？”镇长问。

“长平村的地理位置很特殊，它距离太阳山不远，中间只隔了一条翠山溪流，左边靠近千月湖，右边是白马山庄。我早就想把这四个旅游景点全部串联起来，但一直苦于没有很好的契合点。如今我们正好在长平村上林组发现了一位潜力很大的根雕艺术家，我就想到可以以上林组为中心，把四个旅游景点全部串联起来。这样一来，不但丰富了长平村的旅游资源，还能带动长平村的发展。”任文天说。

“哦？你们上林组居然有这么厉害的人物？”镇长两眼都放光了。

于是任文天将林晓恒在上林组痴迷于做根雕的事情向镇长汇报 了，镇长对林晓恒也赞不绝口：“了不起啊。”

“如果可以把根雕与旅游完美地结合在一起，无论是对根雕艺术，还是对长平村的旅游产业，在很大程度上都会起到很好的带动作用。那时候，长平村既是一个电商村，又是一个旅游目的地，一边旅游一边电商，一边电商一边旅游，同时凸显出了文化艺术性，可谓一举多得啊。”任文天无不兴奋。

“好，好，你这个想法我会尽快与镇里沟通，看怎么落实会更好。”镇长说道。

“那就等镇长的好消息了。”任文天挂了手机，满心欢喜。

这边，王兴带着林晓恒正在参观长平村电商服务基地，他们一边看一边聊。王兴把林晓恒当作学长，对于一些问

题，他也会向林晓恒请教。

“晓恒，你当初为什么会放弃那么好的工作选择回乡进行电商创业呢？”王兴问。

“其实我一直不太喜欢大城市，在那里没有多少归属感，可能在物质生活方面不会有太大问题，但是那里始终不是我想要生活一辈子的地方。我就提前归根了。”林晓恒笑着回答。

王兴点点头，说：“那为什么最终选择电子商务创业，而不是其他高科技领域呢？”

林晓恒笑了笑，说：“我也想过做短视频、做智能设备，但是想来想去，这些都不切实际，还是电子商务实际些，从投资成本方面来说，我都能承受，但是那些高科技领域的成本，是我所不能实现的。”

王兴来了兴致，说：“那你对未来互联网的哪些领域比较看好呢？”

“其实我看不看好都没关系，我现在能做的就是把我手头上的根雕做好，这就让我非常快乐了，真的，如果我可以做好这一件事情，我认为我的人生就圆满了，对于其他的，我没太多的追求。”林晓恒说。

果然是有工匠精神的人，王兴在心里面给林晓恒点赞。

“哦，对了，刚才在办公室听你对根雕的分析，以及后期的市场推广，你应该做推广策划很多年了吧？”林晓恒问王兴。

王兴笑了：“说出来惭愧，我还没有毕业。”林晓恒觉得大跌眼镜：“啊？”

“今年七月毕业，这是我第一份工作，也算是实习了。”王兴说。

“那真是佩服。”林晓恒赞不绝口，“在这点上，我真的没法子跟你比，我还比你大几岁，还有完整的大型网络公司的工作经验，但是论及营销策划，我是一窍不通啊！”

“没什么，以后多多交流，互相学习。”王兴说着，然后继续带林晓恒参观。

参观完了长平村电商服务基地之后，林晓恒心里更有底了，中午他在电商服务基地吃了午饭就回家了，一路上，林晓恒一直回忆着当初为何迈上回乡创业的路，当时激烈的思想斗争，他至今都没有忘记。

林晓恒是一个很爱学习的孩子，虽然在大城市拿着不错的薪水，但正如他自己所说的，那里不是他的家，他迟早是要离开的。既然是要离开的，干脆就在现在吧，趁还年轻。这是林晓恒当初的真实想法。可是回到老家后能干什么呢？

按照家乡的客观条件，像他这种做互联网的人估计也是要放弃自己的专业，而不得不选择其他的工作。可是他又不想离开互联网行业，他开始思考有关互联网行业的一切。在一个小地方离不开互联网行业，该干吗呢？当初他正好看到一篇关于乡村电商的文章，说是几个年轻小伙子，厌倦了城里打工的生活，回到家乡，通过互联网，做起了小生意，结果越做越大。这则消息鼓舞了林晓恒，既然别人可以做到，为什么自己不能去尝试呢？

当然他从来没想过一定要赚多少钱，生活能过得去，他就很满意了。这样，他就决定做电商了。

可是做了电商卖什么东西呢？他想来想去，如果可以卖根雕，是不是与自己小时候的爱好又一致了呢？将爱好与事业两者完美结合，是不是人生一大幸事？怀着这个纯粹的想法，林晓恒买了回家的车票，踏上了他的互联网创业之路。

虽然到现在都还没做好，但是他相信经过今天与任文天和王兴的交流，未来还是很有希望的。林晓恒到家后，一直看着窗外唯美的田野，那是希望的田野。

14 电商旅游艺术村

第二天早上，镇长将任文天关于把长平村打造成电商旅游艺术村的想法向镇里几位主要领导做了介绍，领导们原则上都很支持，但还需要一些具体的方案。

镇长立刻打电话给任文天，希望任文天可以整理出一份实施方案来。任文天大喜过望，叫上王兴，两人一起整理了一份长长的文档，当晚就发给了镇长。

镇长把文档打开，看到方案里面涉及三十多个案例，其中有几个他也曾经看过或听任文天说过。他看完后把这份方案打印了几份，第二天早上就递交到了镇委班子会议上。

镇委书记看过方案之后当即叫好，说："长平村历史悠久，特别是太阳山环绕，村里还有千月湖、翠山溪流和白马山庄，但是这几个景点都太分散，有的游客去了翠山溪流漂流又想去爬爬太阳山，却没有一条大路通往太阳山；有的游客到了白马山庄，本想再去千月湖，但又觉得太远；有的游客到了千月湖又想去太阳山，觉得一天的时间不够了又没地方住宿。早在几年前县旅游局局长就提出了这个困惑，当时也很想将这四个景区全部串联在一起，但是苦于没有找到一个完美的支点。如今我们正好借助任文天打造电商村的东风，通过长平村将这四个景区串联起来。以后，游客只需要到长平村就可以随便逛千月湖、太阳山、翠山溪流、白马山庄了。”

镇委书记的话让在场的干部赞叹不已。但是一位副镇长提出了疑问：“将长平村打造成四大景区的中心，以前我们也想过，但是一直觉得长平村没什么特色产业，所以就放弃了，现在就算我们将长平村打造成一个电商村，难道就一定会吸引游客买账吗？”

“单独一个电商村，我相信很多人不一定买账，这就涉及我们这个电商村卖的是什么了。如果我们这个电商村卖的是很有特色的艺术品，并且这些艺术品得到了广泛认可，那么，我想游客在逛景区的时候也会有兴致看看这些艺术品。”镇长说。

“哦，我明白了。”这位副镇长恍然大悟，“到那个时候，长平村就不仅仅是一个电商村了，更是一个手工艺术之村。”

镇长点点头。

“可是我至今还没发现长平村有什么很特别的手工艺术品啊。”这位副镇长还是担心。

镇长笑了，说：“任文天在上林组遇到了一个回乡创业的大学生，这个大学生呢，制作了很多根雕，那些根雕惟妙惟肖，如果上林组有更多的人跟着他一起做根雕，恢复这个村小组原来在根雕界的名气，我想长平村就非常有特色了，以后它将成为中国的根雕之乡。”

任文天早就料到大家会有疑问，在昨天已经派人将林晓恒制作的根雕送了过来。镇长明白任文天的意思，在开会之前已经将根雕放进了会议室，他示意会务人员将之前准备好的根雕摆上了会议桌。

“哇——”没想到林晓恒小小的根雕居然同时得到了大家的认可。

镇委书记赞叹不已，小心翼翼地从镇长手上接过了根雕。随后镇长给在场的每位同志都分发了一个根雕。大家仔细观摩这惟妙惟肖的根雕艺术，为何之前从未发现它的精妙呢？

“真是完美的艺术。”镇委书记赞不绝口。

“原来我们长平村也是卧虎藏龙啊！”这位副镇长赞叹。

镇长非常兴奋，说：“这些根雕艺术能够得到大家的认可，我想推广出去应该不会有很大问题。这个根雕艺术一定可以带动我们长平村的旅游业发展，同时也可以打响我们长平电商旅游艺术村的名气，一举两得。”

“没想到长平村上林组居然还有这样一位天才艺术家，有了这些艺术品，我觉得将长平村打造成电商旅游艺术村一点问题都没有。”镇委书记说。

“这个大学生是谁呢？”这位副镇长问。

“他就是六年前高考全市理科状元林晓恒。”镇长说。

副镇长恍然大悟：“哦，原来就是他呀，当年他考全市第一名的时候，我还在镇教办，还随同上任镇委书记去过上林组呢，没想到这孩子居然还是一个艺术家。”

会议室里人们赞不绝口。

“现在林晓恒在哪里呢？”副镇长继续问。

“就在家里。”镇长说。

这个回答让副镇长大为吃惊，为何一个高才生在老家没出去闯呢？这不符合逻辑啊。

于是镇长将林晓恒从北京辞职，回家创业的经历跟大家介绍了一下。听后，会议室里鸦雀无声。

“工作失误，我们经常抱怨没人才，可是人才在长平村这么久了我们现在才知道。这以后哪里还有人敢来我们这里发展呢？”镇委书记自我检讨，在场的人脸色也很难看。

“针对这种情况，以后镇里一定要建立一本人才流通备忘录，要与乡亲保持沟通交流，多多争取大家对我们镇的支持。镇委务必要对人才高度重视，让人才感受到我们的关怀。”镇委书记提出了很多关于发现人才、留住人才的工作要求，最后说：“一定不能让林晓恒这样的人才受到委屈。”

经过会议讨论，大家一致表决确定将长平村打造电商旅游艺术村列为镇里的一号重点项目，在政策上给予大力支持。

方案通过之后，镇长马上给任文天打电话：“告诉你一个大好消息，镇委领导班子一致表决确定将长平村打造成

电商旅游艺术村，镇里将以长平村为中心，打造一个环太阳山、千月湖、翠山溪流和白马山庄的新型旅游基地，而上林组将打造成一个根雕艺术中心，未来游客不管去太阳山、千月湖、翠山溪流，还是白马山庄，都将从上林组通过，这样一来就给上林组带来了绝对的人气，同时上林组将以你和林晓恒为中心，大力发展根雕艺术，让根雕艺术成为新型旅游基地的衍生产品。这样不仅可以推动根雕事业发展，同时也带动了长平村的旅游电商事业。”

任文天听了非常激动，马上将这个好消息告诉了林晓恒，电话那头的林晓恒感动得热泪盈眶，久久不能说出一句话来。

“谢谢你，书记。”林晓恒半天才挤出这一句话来。

“哦，对了，要做好一个电商旅游艺术村也不是一件小事。”任文天补充道，“前几天你来村委的时候我实在有点昏了头，你得好好总结一下这一年来你在家里创业遇到的困难，我们得根据你面临的困难来设计电商村未来的政策走向，否则我们设计出了政策，但是跟实际情况不相吻合，到时候就麻烦了。”

林晓恒“嗯”了一声，马上又问：“旅游艺术这两个大板块我需要总结吗？”

“目前只需要总结你去年一年的电商创业经历，旅游和艺术板块暂时先放一放。”任文天说道，“根据你去年遇到的问题来定政策，也是为了让长平电商村以后少走弯路，因为我们在时间上真的耗不起，再加上如果在农村试验失败的话，老百姓可能又会对我们失去信任，所以，还请你一定要帮助我们。”

这件事情林晓恒深有体会，就像他自己没把网店开好，引得整个长平村都在鄙视电子商务。挂完电话之后，他坐在电脑面前仔细回顾着去年一年创业时遇到的困难，然后科学地做了一个总结：

自从去年从北京辞职回家进行电子商务创业至今，确实遇到不少问题，而这些问题，很多都是硬件上的不足。

第一，网络问题。比如我刚回来那会儿，带了一个笔记本电脑，但是根本没有网络。虽然我们上林组位于各大旅游景点中间，但是电信移动联通都没有将网线牵进来。因为这个问题，去年我特地去问了村委会，但是村委会说这个问题还得去问各大通信运营商，因为他们也搞不清。

后来我又去问了我们镇上的移动服务厅，但是他们根本不知道什么时候会将网线牵进长平村。后来我问他们是怎么上网的？他们说是用无线网卡。无线网卡上网的时间是受限的，并且价格也很贵。但是没办法，我只能用无线网卡，承担这高昂的成本。所以，我网店的营业时间基本上每天才一个小时，这在很大程度上限制了我的销量，也使顾客体验感不强。网络的普及我想应该也是长平电商村未来的一个挑战。

第二，物流问题。乡村电商的物流不仅是我们长平村的问题，也是其他农村普遍会遇到的问题。比如上个月我一共只有三单，根本无法叫动物流来我这儿上门提货。人家物流公司说的也很有道理，除非每天有上百个包裹，否则根本不可能随叫随到上门提货，那成本实在太高。我只能自己骑摩托车把货送到镇上的物流网点，这是非常麻烦的，未来我们电商村还得要有自己的物流服务点。

第三，拍照问题。其实很不好意思地说，我网店有些图片确实是我从其他地方另存下来，经过处理美化再上传的。以前我也想买一个好一点的单反或者微单来拍摄，但是成本很高，后来我还是买了一个四百多块钱的简单设备来拍照，但拍摄出来的效果非常差，就算经过后期处理也会出现模糊的迹像，还不如直接从网上找图，可那些图片终归不是自己的，看着也挺别扭。如果电商服务基地可以为未来的电商村所有的网商统一拍摄，那么这个问题就可以解决了。

第四，策划方案。我并不是策划专业出身，有些策划案子根本做不来。我想如果将长平村打造成电商村，将来还有很多人会遇到这个问题，包括对产品的描述、VI设计、整体包装等。以产品包装为例，如果包装不好看，而仅仅只是实惠，其实消费者是不会买单的，因为网购的群体虽然图便宜，但也图时尚，如果时尚不起来，网购群体也会对你的店进行吐槽，到时候就全是差评了，这对网店的发展非常不好。

第五，在我创业的初期，个人支出非常大。当然这个支出是我愿意的，因为我要创业，但是如果将长平村打造成一个电商村，我想并不是每个村民都能承受创业初期的成本。之前我也听李国强主任说村委准备推出电商扶贫计划，如果真的要在长平村落实电商扶贫计划，我个人希望电商扶贫计划的奖金是阶梯式上升的，比如一个月的销售额到了五千对应一个什么奖励，一个月的销售额突破三万对应一个什么奖励，一个月突破五万对应一个什么奖励，一个月突破十万对应一个什么奖励，一个月突破二十万对应一个什么奖励，一年突破一百万对应什么奖励，一年突破两百万对应什么奖励，——我觉得只有这样才更能促进人们深入开展乡村电商。当然，如果发展到后来，我们长平村的电商店都赚了钱，我们也可以成立一个专项的电商基金，对应去帮助其他村来实现电商村的建设，这是一种良性循环。

这些是我所能想象到的问题，还有很多方面可能我想得不全面，请见谅。

任文天晚上收到了林晓恒的电子邮件，然后回复：“谢谢，这些反馈太重要了。”当他正要休息的时候，镇长又在QQ上发了几条消息过来：

“最近我也研究了不少全国各地有代表性的电商村的发展，他们在发展中存在形形色色的问题，我现在将这些问题进行简单归纳和总结，发给你供参考，希望我们长平村不走别人的歪路。

“第一，不专业，缺少正规的培训策划。

“第二，没有沟通交流的渠道，每个村民都自己干自己的，很封闭。

“第三，没有自主品牌。

“第四，村民随意进货没有人监控导致假货横行，不仅没有带动电商村发展，反而坏了名声。”

任文天非常感动，没想到现在镇长比他还关心长平村电商服务基地的发展，表示一定会避免踩雷。

镇长继续发信息：“虽然我们现在正在积极打造长平村的电商事业，但是我还想站在全镇的高度上来讲点其他的东西。长平村电商服务基地的成立是基于服务全镇所有老百姓的，长平村只是我们的一个试点，我们不能因为长平村而忘记了全镇其他地方的电子商务发展。”

任文天表示这是必须的，不仅要带动长平村富裕，同时也要带动全镇共同富裕。

那晚，原本睡意很浓的任文天经过与镇长的一番交流，睡意也没有了，于是将林晓恒和镇长的总结整合在了一起，第二天上班的时候立刻找到了李国强，两人先开一个碰头会。

李国强提出了疑问："关于电商扶贫计划我早就想提出疑问了，我想还是需要镇里支持一下的。"

"最近我们电商基地不是赚了点钱吗？为什么还需要镇里支持？"任文天问。

"基地这些小伙子不要开工资吗？不开工资人家不要生活吗？"李国强说道。

任文天这才想起来，这些小伙子可不是干部，他们的工资是由电商服务基地来支付的。

"如果你不愿意让镇里支持我们实行电商扶贫计划，那我看只能找肖青山了，看他是否愿意拿出钱来成立一个电商扶贫基金，以此鼓励长平村的电商发展。"李国强提出了这个建设性意见。

"可人家这不刚刚给我们支付了五十万吗？再开口是不是不太好？"任文天不好意思再向人家开口要钱。

"其实这个事情是肖青山自己说的。"李国强说。

"啥？"任文天眼珠子都要爆炸了，不敢相信这是真的。

"我跟肖青山的交情你也知道的，这件事就交给我吧。"李国强马上打电话跟肖青山说起了这件事情，没想到肖青山哈哈一笑，马上答应了下来，说："老李啊，我早就想为我们长平村的电子商务发展做点儿什么，这个你也早就知道的，今天就是一个机会，我愿意再掏出一百万来建立电子商务扶贫专项基金，以此促进长平电商旅游艺术村的发展。"

没想到肖青山的消息这么灵通，居然已经知道长平村下一步的计划了。但是任文天和李国强可不管这个，听到肖青山要出钱，兴奋不已。他俩迅速将这件事情向镇长汇报，

镇长大为惊讶，没想到肖青山这么愿意支持工作。有了这笔钱，不仅可以开展电商帮扶，还可以快速地推动长平村建设电商旅游艺术村了。

他们再次整理了所有的资料，形成最终方案，提交到了镇委。镇委书记以及其他领导都非常满意，一致赞成。

至此，将长平村打造电商旅游艺术村的计划正式提上了日程。

15 电商扶贫新政

长平电商旅游艺术村的建设由镇长和任文天全权负责，镇长拿着方案，赶紧打电话给任文天，任文天立刻将这个好消息告诉了村委的每一个人，大家都很振奋，奔走相告，全村都知道长平村不仅要开始电商扶贫，还将被打造成一个现代化的电商旅游艺术村。村民们还不知道啥是电商旅游艺术村，但是都觉得这名字很牛，都很想知道是咋回事。

李国强笑着跟村民说："各位乡亲父老，我们长平村未来可就要跟城里一样热闹了，大家就要乘着政策的春风一路奔小康了！乡村振兴，在富裕的道路上一个都不能少！"

村民们欢悦了起来，他们互相击掌，欢欣鼓舞。这一刻，坐在屋檐下雕刻木雕的林晓恒也有了小小的成就感。没想到坚持了一年，终于等到了希望。

林母也非常激动，呼喊着儿子："晓恒啊，没想到我们长平村要重点打造根雕艺术，以前我觉得你做这根雕没啥用，没想到现在真的派上用场了。"

林晓恒只是笑笑，什么也没说。

与此同时，村委会也张贴了本次电商扶贫的具体办法：

第一，对于开新网店的网商，在三个月之内，并且在市以外有销售业绩的，给予一次性300元鼓励。

第二，对于新开的网店，在三个月之内，只要有一个月的营业额达到5000元，奖励500元。

第三，对于新开的网店，在三个月之内，只要一个月营业额达到30000元，奖励1000元。

第四，一年之内营业额达到100000元的网店，奖励5000元。

第五，一年之内营业额达到200000元的网店，奖励10000元。

第六，一年之内营业额达到300000元的网店，奖励15000元。

第七，奖金制度以此类推，销售业绩越好，奖励越丰厚。

奖金都在村委会领取。

消息一出，全村沸腾了，人们都在摩拳擦掌。

肖青山看到了李国强拍过来的“电商扶贫具体办法”的照片，看着窗外的夜色微微一笑。本来镇委和村委的意思是要表达一下对肖青山的感谢，但是肖青山想了想，还是算了，谁感谢谁呢？如果长平电商村做得好，他的纺织品也一样能卖得好。

村委办公大楼内，电商服务基地的小伙子们个个喜笑颜开，当时坚持留下来看来是对的，跟着任文天干是对的。

王兴发了一条微信给华娜：如今天时地利人和，未来我们长平村电商服务基地将大有可为。

华娜发了一个微笑的表情：是啊，这可是一件大事，如果没有你们专业的服务，很多事情我们根本做不来的。

王兴：不能这么说，靠大家一起努力。

华娜：那么你以后会一直在长平村工作吗？

王兴：目前还不知道，我想应该吧。

华娜：村委会一定要留住你这样的人才。

王兴：得看书记怎么安排。

他们聊到很晚，互相之间都没有道晚安，不知道是谁先终止了聊天，或者不知道是谁讲了一个话题，彼此都没有了兴趣，然后各自不理会对方了。第二天早上王兴醒来的时候，已经是七点半了。他一看闹钟，发现要迟到了。

他赶紧从床上爬起来，然后摇了摇闹钟，疑惑闹钟为何没响。哦，原来昨晚聊天太兴奋，以至于忘记了调闹钟。王兴赶紧洗漱，这时候母亲正好从门口进来，王兴不无抱怨："妈，干吗不叫醒我啊！"

"怎么，你还没起来吗？"母亲一脸疑惑，以为王兴早就去上班了。

王兴无奈，来不及吃早餐就急匆匆跑了出去，骑着电动车直奔电商服务基地。他赶到电商服务基地的时候是八点十五，正好任文天在安排人事工作，一看王兴来了，就叫他找位子坐下，听一下人事安排。

"各位伙伴，各位家人，镇委镇政府已经批准将长平村打造电商旅游艺术村了，并且即刻开工。我们长平村电商服务基地也会专门成立一个工作小组，小组成员包括摄影师王浩，策划林许、王兴，这个工作小组的主要职能就是培训村民使用网络，挖掘产品，包装产品，做好营销推广，小组长由王兴担任。"

会议室掌声四起。王兴刚起来还有些耳鸣，听到大家鼓掌也鼓起了掌。

"还有一项更加重要的任务就要交给李高，我们村委这栋楼的门头、牌匾，还有我们的工作证需要重新设计一下，要更亮眼一点。"任文天说。

李高点了点头。

任文天最后鼓励大家，说：“从今天开始，我们就要进入比以往更加紧张的工作状态中了。”

“没问题，需要的就是工作强度。”王浩一马当先。

与此同时，镇政府那边，镇长也没闲着，在紧张地布置长平电商旅游艺术村的建设。任文天在村里开完会之后立刻与李国强、林晓恒一同来到了镇政府，与镇委推动长平村电商旅游艺术村发展领导小组的各位领导一起开会。

会议决定，在长平村组建一支长平村特别行动小组，镇长任组长，统筹大小事务，任文天任副组长，李国强任委员，林晓恒任理事。

起初林晓恒有些诚惶诚恐，但是镇长表示，现在正是需要人手之际。

工作任务分配完之后，镇长和任文天、李国强、林晓恒马上回村，并且号召全村的人开一个动员大会。

下午两点未到，村民陆陆续续都自带板凳聚集到了村委会的大院子开会。这很像20世纪七八十年代大家自带板凳去操场上看胶片电影。村民们找好位置，然后把板凳放下，坐在那儿等着大会的开始。

快两点半的时候，村委会大院子都快坐满了人，这时候镇长和任文天、李国强也从办公室内出来了，李国强拿着扩音喇叭讲话：“亲爱的乡亲父老们，请大家坐好，保持安静。现在有请我们镇长跟大家讲几句。”

院子里掌声四起。这时候镇长拿着喇叭对着乡亲父老鞠了个躬，然后说：“谢谢大家能够这么快赶到这儿来开会，我真的非常感动。谢谢。”

乡亲们鼓起了掌。

“想必很多乡亲们都知道，我以前也曾在长平村当过干部，也许还有很多乡亲们见过我。这么多年来，我对长平村一直都有很深沉的爱。我记得很清楚，那时候我刚来长平村，水土不服，第二天就发烧了，可是当时的长平村非常落后，连个小诊所都没有，那天又正好是星期天，办公室没有一个人，于是我从这座大楼走出去，想到镇里去看病。可是当我走到门口的时候，一位大爷见我脸色苍白，就跑过来问我怎么了，嘘寒问暖，并带我去他家里给我吃退烧药，然后又是煮粥又是做饭——如今，那天的情形依然历历在目，那位大爷我也还记得。”

镇长又一次赢得了乡亲们的掌声，继续说：“所以，我要通过实际行动来报答长平村。乡亲们，现在从中央到省委，到市委，到镇委，都很重视乡村的振兴工作，鼓励大家通过‘互联网+’来实现小康，实现共同富裕，以此提高大家的生活水平。那么对于我们长平村来说，我们又要怎样来抓住这个千载难逢的好机会呢？

“很多乡亲们可能会说，我们就是种田的，我们只有蔬菜、大米怎么互联网呢？有时候我们在思考蔬菜和大米的时候，并不能简简单单地认为它们只是蔬菜和大米，蔬菜是可以卖的，同样大米也是可以卖的，可以卖的东西叫作商品，一切商品都可以与互联网相连，而我们现在要干的就是‘互联网+农业’‘互联网+农村’‘互联网+人的智慧’，将互联网与所有的东西结合在一起，以此创造更大的财富空间，拉动长平村的经济发展，让乡亲们一起富裕。”

院子里再次响起了掌声，还有人带头叫好。

镇长继续说道：“我们发展电子商务，将已有的产品通过网络卖出去，提升我们的收入。这里我所说的产品大家千万不要狭隘地认为只是农产品，自然也包括像林晓恒同学的根雕，这也是产品。”

“这也是产品吗？可是谁买呢？”有一个村民问。

“这是艺术品，如果雕刻得好，可以成为各种装饰品。”镇长说。

那个村民点点头，说：“就像很多字画一样，我们拿来擦屁股还嫌硬，但是对有钱人来说，就是价值几百上千万的宝贝。”

“是的，话糙理不糙，哈哈。”镇长说，“乡亲们，这是一个科技高度发展的社会，就算是乡村，我们也要用高科技武装自己，提升自己，让我们的生活方式和生产方式不至于落后，那么从今天开始，让我们一起拥抱互联网，拥抱电子商务，好吗？”

场下又是叫好声，又是鼓掌声。大家听着镇长的演讲直乐呵，没想到镇长也是一个演讲高手。镇长讲完之后，李国强还站在那儿傻愣，他从没看过镇长有这么长时间的精彩讲话。镇长见李国强还站在那儿傻愣，赶紧用麦克风敲他，李国强这才反应过来，看着镇长，有点难为情，说：“镇长，您把该讲的话都讲完了，那还要我动员啥啊？”

镇长笑了，说：“那就直接进入培训环节呗。”

因为有扶贫奖励，这次村民们的学习热情很高，大家很有秩序地分批次进入培训室，先看王兴通过投影仪来操作，然后坐在电脑面前通过工作人员一对一、手把手的辅导，强化学习成果，提升专业技能。这样就真正做到了授人以渔。

16 根雕艺术

林晓恒的根雕店因为是长平电商村成立后开设的第一个网店，意义非常大，以后或许会成为长平电商村的典型代表，镇长高度重视。王兴接到任务后，决定为这个网店正式取名为“长平根雕之光”。整体设计风格是一位孤独的少年在一颗星光下如工匠一般做着雕刻的工作。画面非常有感染力，虽然只有一颗星光，显得黯淡，但是少年依然聚精会神地雕刻着，内心的坚强溢于言表。这幅画还有另外一层意思，就是虽然现在长平村的电商事业只有一颗星光，但是经过每个个体的不懈努力，很快会星光灿烂，正所谓“星星之火，可以燎原”。广告文案是：电商路上，你不孤独。

这个方案很快得到了大家的认可。经过村委会的推动，以及媒体的大力宣传，那几天网店的生意变得非常好，每天都能接到将近60个订单，这在以前是无法想象的。幸好根雕有不少存货，否则不出半个月就要卖断货了。林母见孩子的生意越来越好，也加入这个根雕事业了，上午在家向儿子学习雕刻，下午就跟儿子一起上山寻找根雕材料。

左邻右舍见林晓恒的根雕确实做得蛮好的，也跟着模仿

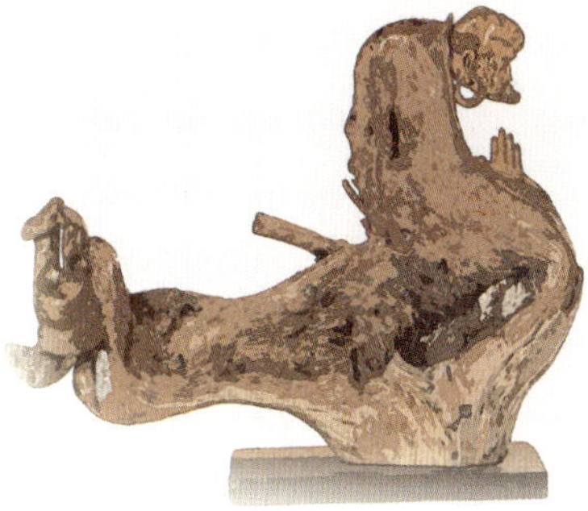

起来。一时间，上林组家家户户有样学样，都在空余时间做起了根雕，制作根雕的氛围越来越浓厚。很长一段时间里，上林组的男人们都在外面寻找各种树根，女人和孩子们没事就坐在大厅或门口仔细地雕刻着各种稀奇古怪的树根，还有一家几口人或婆婆媳妇坐在一起讨论着该怎么雕刻更有创意，一时之间艺术氛围成了村里一道亮丽的风景线。

看到这些，林晓恒心里乐开了花，心想只要形成了氛围，上林根雕的名声一定会越传越远。不过后来王兴发现一个问题，虽然上林组已经形成了制作根雕的氛围，但最近根雕成品实在太多，有很多根雕做得很粗糙，完全不能跟林晓恒的手艺相比，有的网友买了之后给了差评。这样做下去，上林组的根雕艺术估计就要夭折了。

王兴把这个情况反映到了任文天那里，任文天又向镇长做了汇报。镇长觉得这件事情非常严重，让任文天抓紧处理。

任文天拿着最近上林组根雕的网上销售数据以及每家店的客户评论，单独找上林组村民开了一个小会。他盯着数据和评论，面色很沉重，说道：“乡亲们，我知道大家都很有制作根雕和开网店的热情，想必大家也尝到了甜头，最近销量确实还可以。但是，不知大家有没有留意网友们的评论，就是你们每家网店下面的评论，有的说根雕制作得太差了，缺少艺术性，有的说做工粗糙，以次充好。

“我知道，现在有的乡亲把制作根雕当事业来做，有的乡亲把制作根雕当生意来做。但不管怎样，我们都要讲诚信，坚决不能投机取巧，把不好的东西卖出去，这会让其他想买的网友望而却步，长此以往，我们会把生意做死的。我们做事情要考虑长远，考虑可持续发展，这样长期都能有稳定的收入。有人可能觉得把根雕做死也没事，下次再想一个其他的品类来做。如果我们是抱着这样的心态来做事情，最终什么都会做不好。

“当然，我也能理解乡亲们的心情，毕竟是刚刚开设网店，或多或少还是拿出了成本在做这件事情，想快速收回成本。前期根雕艺术水准不过关，这是创业初期难免会发生的问题。我们并不是来这里责怪谁，也不是来这里抱怨谁，只是给大家提个醒，我们必须团结起来，一起把这个事业做起来，让每一个上林组的村民都能获益。”

村民们纷纷点头，任文天确实讲得很有道理。有几个村民开始自责，主动揽责，说有差评的店正是他们的。但是任文天真的不想责怪谁，只是问他们：“那你们觉得这件事情该怎么处理比较好呢？”

“根雕这个艺术说真的我还有很多不会的，只是看着大家都这么干我也跟着学，前期确实做得不好，但是我会多多学习，争取下次制作出好的根雕来。”一位村民说。

底下又有几位村民说：“我们都很想学好雕刻，可是我们组您也知道，也就只有林晓恒雕刻得最好，很多时候我们确实很想去请教林晓恒，但是林晓恒也是很忙的，我们也不好去打搅人家。”

任文天看着下面坐着的林晓恒，问："那么林晓恒同学，你的意见呢？"

林晓恒笑了，说："这个没问题，我们可以每个礼拜组织一次学习，我都会抽出一个上午，或者一个下午，教大家怎么雕刻。"

村民们纷纷鼓掌。

任文天也鼓起了掌，说："有林晓恒同学这个表态，相信上林根雕一定会有很大起色。"

场下再次掌声四起。

"同时告诉大家一个好消息，一个月后，四大旅游景区的大门就会设在我们上林组，到时候这里将会迎接来自世界各地的游客，我希望一个月之后，你们能大展身手，将根雕艺术推向高潮。"任文天说。

村民们脸上洋溢着灿烂的笑容，用劲地鼓起掌来。

这次可预见的危机由于被王兴及时发现，任文天很是感激，单独召集了林晓恒、王兴在一起又开了一个小会，讨论未来长平电商村的发展方式。

王兴说："目前长平村网商的整体营业额也很一般。"

"什么原因呢？"任文天问。

"第一，网商的素质并不太高，追求也不高，有些村民在网上卖了五六个商品就打烊了；第二，我觉得我们现在挖掘出来的农产品虽然种类多，但是每种的数量很少，有一种很乱很杂的感觉，不要说形成品牌效应，现在连品牌都没有；第三，在做产品营销时，我觉得我们已经江郎才尽了，还没找到很好的可以吸引别人的点，当然这是我们自己的问题，我们会尽可能去改变。"王兴说。

任文天听后点点头，说："现在镇里也在帮我们与职业院校建立合作，达成校企合作的模式，只有高素质的人才加入，我们的电商事业才会有所突破。”

林晓恒点点头，说道：“农村电商确实需要更多年轻人的加入，这样才有更大的希望。”

“农产品品牌的事情，我记得你们好像一直在筹划啊，为何到现在还没出一个很好的品牌呢？”任文天问王兴。

“我们会尽快将品牌的事情落地。”王兴说。

“一定要打造出几款能够与长平村米粉旗鼓相当的有影响力的品牌。”任文天顿了顿，继续说，“关于营销上的事情，镇里也正在想办法，看怎么搞一场大型的活动，但是目前还不到时候，因为很多东西都没做好，比如说根雕艺术，这件事就要晓恒多费心了。”

林晓恒点点头，说：“费心倒也说不上，我只怕有一天自己的艺术构想力会枯竭。”

“那你有什么好的想法呢？”任文天问。

“我想在镇里乃至市里组建一个艺术交流会，希望更多有想法、做文艺工作的人可以加入，借助他们的创意，将根雕艺术推向一个比较宽阔的境界，这非常有利于根雕艺术的发展。”林晓恒说。

任文天点点头，说：“我会向镇里提这个意见，市里我也会想办法，这件事情应该没什么问题，一旦办成就能专门为长平村组建一支智囊团队。”

林晓恒表示非常满意。

“现在就算是先试验吧，四大景区连通时，就是我们做大型宣传的时候，大家一定要在这一个月之内做好本职工作，我不希望到时候把事情搞砸了。”任文天说。

大家点点头。

“我们要做就要一炮打响。”任文天说。

17 一碗人参当归汤

那天开完会后，任文天和林晓恒又一起去镇里与镇长开会，王兴则在办公室里继续工作。没过一会儿，华娜来了，她见王兴还在加班，就敲了敲门。王兴抬头一看是华娜，很是开心。

“可以进来吗？”华娜问。

“当然可以。”王兴一边敲着键盘一边回答。

华娜走到王兴办公桌前，看见他正在处理文案。

“我是来向你道谢的。”华娜说。

王兴丈二和尚摸不着头脑，问：“什么？”

“我舅舅说自从听了你的指导之后，他们的腐竹生意现在越来越好了。”华娜说。

王兴笑了，说：“那也是你舅舅家腐竹有名啊，并且做得好，要不然哪里可能卖得好呢？”

“你可别谦虚，我舅舅还说你写的文案真好，让很多人很喜欢。”华娜夸赞王兴。

听到文案两个字，不知怎么的，王兴感觉脑袋就要裂开了，说：“我本是一个学计算机的，现在却做了策划的工作，不知道我上辈子造了什么孽。”

“你厉害呀！”华娜就在一旁猛夸。

“不过说真的，我发现最近我脑子一点也不好使，怎么也想不出该写一个什么样的文案来吸引网友的注意力，增加网店的销量。”王兴叹了一口气。

“也许你该吃点好东西补一补。”华娜戏谑地说。

“男人的智商跟吃什么一点关系都没有，天生的。”王兴也不严肃了。不知道为什么，这几天与华娜接触之后，他一点儿胆怯都没有了，好像也习惯了。

华娜听到王兴的回答，也很开心，说：“王兴，你总算变得正常了。”

王兴看着华娜，问：“我不一直都这样吗？”

“不过你知道吗，与你们在一起我也不觉得无聊了。”华娜的嘴角又一次露出甜甜的酒窝，说：“要不待会上去喝汤，我正在煲汤。”

“什么？”王兴问。

“今天上午我妈妈来看我了，特别给我带来了一些新鲜的人参当归，她说非常补，所以我想请你也尝尝。”华娜说。

王兴两眼突然呆滞，问：“你刚才说你现在正在煲人参当归汤？”

“是啊。”华娜依旧一脸甜蜜。

“就在此时吗？”王兴继续问。

“哎呀——”华娜好像被雷电劈了一下，“糟糕——”

说完，她赶紧跑出了办公室，直奔顶楼。王兴害怕华娜出事，也跟着出去了。当他跑到顶楼的时候就闻到一股香味，这香味清甜，让人忍不住吞口水。他越往华娜宿舍那边走，香味就越纯正香甜，走到门口的时候，只见华娜正准备

开锅盛汤。

“太香了。”王兴忍不住赞叹。

“给你盛一碗。”华娜一边说一边盛。“他们呢?”王兴问。

“不知道什么时候回来。”华娜已经将汤盛好放到王兴桌前，说：“快尝尝。”

王兴用勺子搅拌了几下，尝了尝，可谓喜上眉梢：“太好喝了！”

“哈哈。”华娜不无开心。

“这汤喝一口就像甘泉一样，这排骨嫩嫩的也不油腻。”王兴继续说。

“这可不，平常你想喝到这么纯正的人参当归汤是不可能的。”华娜问。

“这人参当归有什么来历吗？”王兴问。

“这可都是野生的，没放任何肥料。”华娜说。

王兴点点头，小口小口地喝着。忽然，他想起还有活没干完，把剩下的汤一口气喝完，赶紧回办公室继续写文案。他一边走一边向华娜道谢。

说来也奇怪，喝了人参当归汤，王兴的脑子接连好几天特别好使，产品的挖掘不受思维的局限了，还将生态元素注入了产品包装策划之中，生态本身就是一种健康理念，大家买农产品，买的就是一种健康。买长平村农产品的最好理由就是买健康。

这几天，王兴还成功说服了林许和王浩加入网商的浪潮。

林许问："我开网店卖啥啊？"

王兴说："你就卖情诗给那些追姑娘的小伙子、追帅哥的妹子们。"

"这有市场吗？"林许问。

"只要有才，就有市场。网上什么都能卖。"王兴说。

"可是我没谈过恋爱，怎么写情诗啊？"林许抓脑袋。

"没吃过猪肉，还没见过猪跑吗？思维要开阔。"王兴点拨林许。

"那我卖什么呢？"王浩问。

"大摄影师，你觉得你应该卖什么呢？难道在网上卖身吗？"王兴开玩笑问。

林许笑得咯咯响。

"我知道了，我就卖我的摄影作品吧。相当于在网上开了一个个人摄影网站啊。"王浩说。

王兴点点头，夸赞道："聪明啊！"

18 黄文英的感动

就在这时，李国强行色匆匆地从办公室外面走进来：“王兴，我有事找你。”

王兴跟着李国强走出了办公室，李国强带着王兴来到了他的办公室，只见华娜正在办公室哄一个小女孩。那个小女孩看起来十岁出头，穿着朴素，扎着两个马尾辫，听到门外有人来了，抬头看去，脸上突然泛红，露出羞涩。

这个小女孩是长平村小学三年级的学生，现在正好是上体育课的时间，跑到村委会介绍自家的情况。

她是上林组人，有一天晚上，她妈妈听到有人正在聊长平村的电商扶贫政策，于是妈妈忍不住感叹，如果她也可以加入网络创业大军，得到奖励，那就可以像从前一样干活养家了。

这个孩子的妈妈几年前因为一场车祸截去了双腿，如今只能躺在床上什么也做不了。家里的重活全部落在了爸爸和自己身上，这让妈妈非常焦虑。曾几何时，她也有过轻生的念头，但最终都因为舍不得女儿而放弃。

如今有这么好的政策、这么好的机会，她很想试一试。

可是该怎么试呢？家里买不起电脑，自己也只有初中文化，从来没接触过网络，这可如何是好？眼看着上林组左邻右舍做根雕做得风风火火，有的还买了电脑已经在网上开卖了，可是自己呢？什么也做不了。

妈妈也劝过小孩爸爸跟着大家一起做根雕，也许还能多赚几个钱，可是他哪儿有时间呢？如今正是播种的季节，如果错过了播种季节，这一年到头吃什么呢？想到这些，妈妈也不再多说爸爸了，因为他说得很对，就算是左邻右舍的男人依然在外耕地种田，在家做根雕的基本上都是女人。

村里第一次在村委会开培训动员大会的时候，妈妈也想跟着去，可是她实在走不了。想了很久，妈妈决定让小女孩来一趟村委会，因为她真的很想抓住这个机会，想加入网络创业的大潮，想减轻家庭的重担。

听完这个故事之后，王兴非常感动，同时他也非常愤怒，车祸曾经夺走了他父亲的生命，如今又夺走了这个小女孩母亲的双腿。

李国强也有些自责，不光是上林组这户困难家庭，基本上整个长平村所有的残疾人士、困难家庭他都了如指掌。他也曾经想过怎么去帮助他们，但是一直都没想到什么好办法，就算是这次村委推出电商扶贫计划，他也琢磨着怎么通过这个政策帮助他们，但是他依然没想好。而就在他想写一个报告在会上把这个问题提出来的时候，没想到这个小女孩就来了。他觉得这都是他工作上的失误，现在是时候弥补了，但是电子商务细节上的事情，他还得请王兴协助。

王兴走到小女孩面前，跟她说："小妹妹，你放心好了，你妈妈已经具备了在网上创业的一切条件！"

小女孩听到这句话非常开心，但还是有些疑虑，问：

“真的吗？”

王兴点点头，摸摸小女孩的头，说道：“哥哥怎么会骗你呢？”

“那太好了。”小女孩脸上露出了快乐的微笑。

不过李国强却在一旁心里直打鼓，问：“人家可不是开玩笑的，你没骗人家吧？”

王兴笑了，说：“这是一个伟大的时代，在这个时代，没有人会被落下。”

“你有什么好想法？”李国强问。

“哪怕她是残疾人，有了高科技，一样可以创造价值，所以不管是谁，都可以做到网络创业。况且我们长平村电商服务基地首先要做的事情就是培育网军，而那些内心信念坚定、一定要通过网上创业改变自己的人，我们为什么不能帮助他们实现梦想呢？”王兴说。

“但最现实的问题是，他们一家三口，丈夫要干农活做不了根雕，女儿要上学做不了根雕，她残疾，就算能做根雕，也不可能像其他村民一样上山找木根。这些都做不到，就算她在网上开了店，卖什么呢？”这就是李国强一直没想好的问题。虽然有电商扶贫政策，但他不晓得这一家子人在乡村电商大潮中能扮演什么角色，以至于他也不知道该如何去帮助那些困难家庭。

王兴又笑了，说：“如果我想开一个服装店，那么我只需要从批发商城进货，然后摆到我的店里卖就好了，我也不需要为了开个服装店先开一个服装厂啊！”

李国强似有所悟，说：“你的意思是我们帮助她进货，然后让她在网上卖？”

王兴点点头，说：“我如今不是已经掌握了这么多供应商的资源吗？肖总的纺织品、林先生的腐竹、晓恒的根雕，她都可以卖啊。况且我们现在不也正在挖掘其他更好的产品吗？到时候帮她摆在她的商铺里就好了啊，她只需要负责跟客户沟通。”

“是啊，我怎么没想到呢？”李国强好像明白了。

“这样一来，网商根本不用担心货源问题，只需要有信心、有意愿去做就好了。”王兴说。

李国强点点头，终于明白了其中的奥妙，也终于明白了电子商务确确实实可以帮助到那些困难家庭。

“是的，不过目前我们应该做的就是开始帮助这个极为苦难的家庭。”王兴说。

李国强说干就干，先送小女孩回去上课，然后让华娜拿出了一张电商扶贫申请表，他这次要亲自去一趟上林组，第一表示慰问，第二表示歉意。

当李国强和王兴来到上林组的时候，林组长正好在那儿等，然后三个人一起来到了小女孩的家。小女孩的家是一栋一层民房，并没有装修。这家男人也姓林，妻子叫黄文英。左邻右舍见村主任和林组长都来了，便放下手里正在做的根雕，上前来打招呼。

“主任好。”隔壁一大婶笑呵呵地走过来，跟李国强打招呼。

“大婶您好。”李国强说。

“哎呀，主任，您就别客套了，您不知道上次任书记给我们开了一个会之后，现在我们做这个雕刻好多了。”大婶继续说。

“是嘛，那就好啊。”李国强说。

“真是要感谢党和政府啊，要不然像我们这些每天闲在家里的女人真的是无事可做。”大婶继续说，“要不来我家里喝口水吧。”

李国强赶紧推辞，说：“今天啊，我真的有事来找老林家的，不知道老林家有人在吗？”

这时候，屋里的女人听到了外面的说话声，问：“是谁啊？”

大婶子听出了黄文英的声音，说：“文英，村主任来找你们老林了。”

听到这句话，黄文英好像有些激动，想从床上爬起来，但是根本爬不起来。

大婶赶紧带着李国强他们进了屋，走到黄文英的房间，里面虽然黑暗，但是很干净。

李国强见黄文英要从床上爬起来，赶紧让黄文英坐下来，别乱动。黄文英坐在床上很紧张，也很不好意思，没想到李主任居然来自己家了。

“老林去外面做事去了吗？”李国强问。

黄文英点点头说：“不过中午也快回来了吧。”

李国强点点头，说：“刚才你女儿来了我们村委会说了你的想法，我都知道了。”

“哎呀，是吗？”黄文英双手紧紧抓着被子。

“你放心好了，我们一定会实现你想要在网上创业的梦想。”李国强说。

这时候隔壁大婶也凑到黄文英床边，说：“现在政策可好了。”

黄文英也笑了，对李国强说：“那太谢谢了。”

李国强从公文包里面拿出了电商扶贫申请表，递给黄文英，说："来，看看这张申请表，如果你觉得没啥问题，可以把内容报给我，我来帮你填一下，你再签一个名，明天我们就会派人过来辅导你使用电脑、在网上开店。"

"可，可我没电脑啊。"黄文英很尴尬。

"这个你甭操心，我们到时候也会送过来的。"李国强说。

黄文英兴奋不已，从李国强手上接过了表格，看了一眼没什么问题，就把表格填了，最后签了名。

李国强接过了表格，向黄文英鞠躬致歉，说："真是很抱歉，现在才来。"

"没、没、别、别……"黄文英哪里受得住李国强这么大的礼，这让她很不自然，激动得连话都说不出来了。

"你放心好了，我们一定会竭尽所能去做好这件事情的，闲话我也不多说，马上去办。"李国强就是这样，行事风风火火。

李国强从老林家出来后就去了林晓恒家。这时林晓恒正和母亲在一起雕刻，见李国强、王兴和林组长来了，他赶紧起身，去给他们倒水。

李国强开门见山，说："晓恒啊，黄文英家以后将成为我们上林组网上创业特别照顾对象，到时候还真得多麻烦你了。"

林晓恒也突然想起这件事情，这几天忙着给组上的人讲接订单送货的课，倒还真没怎么去在意别人的事情。

"我刚去他家看了，真的很困难的，而黄文英也很想网上创业，我们需要帮帮人家。"李国强继续说。

这时候林母也走了过来，说："我们一定要帮助人家，毕竟你们也帮助了我们那么多，况且黄文英对我们家晓恒从小就很疼爱。”

李国强点点头，说：“你们能这么想自然是一件好事。黄文英出行不便，我已经让晓静去镇里了，下午她就会把轮椅和电脑都买回来，明天我们就把轮椅和电脑一起送过去。往后的培训，就真的全拜托晓恒了。”

林晓恒点点头，说：“到时候我会多抽时间来教黄阿姨的。”

第二天，李国强兑现了自己的承诺，将轮椅和电脑都送到了老林家。这天，老林知道村委会有人要来自己家里，一大早就出去忙活儿，早早地干完活儿回来了。这会儿左邻右舍也过来了几个人，她们都在跟老林讲解着现在的政策。老林回到家不久，村委会的人就到了。李国强、林组长和林晓恒从车里下来，将电脑和轮椅全部搬进了老林家。老林和妻子一边抹着眼泪，一边道着谢。

李国强拍了拍老林的肩膀，说：“哭什么，应该高兴。”

老林又用衣袖抹了一把眼泪，说：“是太开心了，没想到政府还惦记着我们这一群没用的人。”

听到这话李国强很不高兴，说道：“怎么没用了？都在靠自己的勤劳发家致富。”老林激动得讲不出话，李国强一边摆弄着轮椅，一边说：“啥也别讲了，先把文英从床上扶起来，试试这轮椅。”

老林把妻子从床上抱了起来，放到轮椅上。

李国强先教黄文英怎么坐轮椅，黄文英学得很快，一来二回的，很快就运用自如了。

隔壁家大婶在一边猛地夸赞黄文英：“文英啊，真是太聪明了，学得真快。”

黄文英破涕为笑。老林也跟着乐呵。

在另一边，林晓恒已经装好了电脑，先让黄文英学习如何开机关机，然后教她浏览网页和输入法。黄文英很快就学会了，像孩子那样好奇地点开网页，想看什么点什么。打字的方式只有一种，那就是全拼打字，一切都简单化、傻瓜化。

黄文英按照林晓恒教的操作了一遍，她的动作如行云流水一般，让在场的所有人都惊呆了，没想到黄文英在使用电脑方面这么有天赋。大家不约而同地给她报以热烈的掌声。这让老林和黄文英倍感欣慰。

林晓恒在一旁点头，觉得黄文英应该可以很快掌握开网店的基本技巧了。

“林叔，我看今天下午你们还得去一趟镇里办一张银行卡，到时候银行卡需要与支付宝和微信支付绑定，方便以后钱的转进转出。”林晓恒说。

“我已经有银行卡了。”老林说。

“那就更好了。我会结合你们的学习能力，给你们制定一个比较合适的教程，让你们尽快学会网上开店，这时间大概也就一个礼拜。”林晓恒说。

这时候左邻右舍笑开了，说：“听到了吗，文英，一个礼拜之后，你就可以在网上卖东西赚钱了。”

黄文英听了心里喜滋滋的，又赶紧向大家道谢。

“不过文英，以后你有什么不懂的也可以问我们，虽然我们只是半桶水，但也会把知道的都告诉你。”邻居大婶跟黄文英说。

“是的，我们也会来一起帮助你。”其他的邻居也说道。

李国强听了一直点头：“是啊，远亲不如近邻，大家就是要一起帮助，一起富裕，一个都不能少啊。”

大家口中说着“是的是的”，还不忘给李国强他们报以热烈的掌声。

从上林组回来的路上，李国强一直想着，应该专门安排几个人来落实长平村所有困难家庭的电商扶贫，全面彻底地了解他们的困难在哪里，需要哪些具体的帮扶，然后一一落实。要让这项阳光政策真正地照入每一个困难家庭，让这项政策真正深入人心。

想到这儿，李国强算是想明白了。回到村里，他赶紧召开了一个会议，安排曾晓静、华娜，还有基地的几个年轻人一起来落实这件事情，还专门委派了几个人在黄文英家网店开业之前多去几趟，手把手教会她开网店的全部技术。

19 饭馆老板的迷惑

李国强他们将跟踪帮扶黄文英的工作安排好后，没想到又有一个十七八岁的男孩来到了村委会。

曾晓静走上前问："你找谁？"

"哦，没，我没找谁。"那个男孩说。

"那你有什么事情呢？"曾晓静问。

"我只是想问问关于网上创业的事情。"那个男孩说。

"你是想网上创业吗？"曾晓静问。

男孩点点头，跟曾晓静说了自己的情况。

男孩叫秦青，十八岁，念完初中就没有再上学了，后来跟随自己的亲戚学习厨艺。男孩很聪明，学了一年就自己出来开了一个小饭馆，当了小老板，开了两年，每年都有五六万元的收入，还买了一辆小车。

但是从今年开始，他觉得开小饭馆没什么意思，一年到头辛辛苦苦也就赚一点点钱。最主要的是，他觉得自己虽然赚了点小钱，但是自己的思维永远停留在怎么炒菜上。他想跳出自己的思维局限，不想永远只是一只井底之蛙。他要学习，要突破自己，要开阔眼界，眼界开阔以后就有机会赚大钱。他是这么想的，但又苦于没出路。

后来，他看到了长平村正在大力推广电子商务，并且还有那么多的培训，每一次培训村委都邀请了很多重量级的人物来讲课，他觉得这种模式正是他所需要的，他需要在不同的场合向更厉害的人去学习。他又看到电商扶贫奖励政策，觉得非常诱人，非常想加入电商大潮开创自己的事业。

曾晓静虽然觉得这个小伙子很上进，但是还有一些疑虑，问："你现在还在开饭馆吗？"

"我已经另外请了一个厨师，现在饭馆的事情基本不需要我操心了。"秦青说。

曾晓静觉得这个小伙子很有规划，非常欣赏他，又问道："你是长平村人吗？"

"不，我是隔壁长乐村的。"秦青说，"但我有一个亲戚在上林组，所以我想以后就在长平村开网店创业。"

曾晓静不禁感叹："你是第一个从外村来我们长平村开网店创业的人，我还得登记一下，然后跟我们领导反映。"

曾晓静递过一张表格给秦青，秦青按照上面的要求很快就填好了递给曾晓静，问："什么时候会给我答复？"

"书记刚刚外出了，估计下午才回来，等他回来我会把你的情况跟他汇报，到时候我打电话告诉你。"曾晓静说。

秦青点点头，与曾晓静告别，离开了村委会。

任文天在下午两点钟的时候就回来了，曾晓静第一时间向他汇报了秦青的情况。

任文天非常高兴，说："这样的人才一定要加入我们的大队伍，多多益善，只有这样，才能真正拉动我们长平村的电商事业大发展。"

曾晓静很快就给秦青打电话说书记非常欣赏他。秦青也很兴奋，很快就来长平村村委会做了登记，开始了他的网上创业之旅。

20 执着

就在那天下午快下班的时候，一位开着皮卡的客人来到了村委会。只见他大概三十岁，皮肤黝黑，身材壮硕，英姿飒爽，两眼有神，健步如飞。

曾晓静一如往常地走上前，问来人："您找谁？"

这男人非常有礼貌，说："您好，我是来咨询如何网上创业的。"

原来这个男人是一名退伍军人，名叫刘长泰，本村人。八年前从部队回来，在市里做过保安，当过司机，现在在给一位领导开车。

有一天，这位领导问了刘长泰一个问题："你这么年轻，有想过自己未来的方向吗？"

刘长泰从没想过这个问题。领导又说："我听说你是长平村人，最近长平村一直都在鼓励大家网上创业，并且奖励金额很高，也许这是你回乡大展身手的时候了。"

刘长泰从来都是一个老实人，非常愿意听从别人的意见，既然领导都这么说，刘长泰也很想试一试。

最后领导笑了，并告诉刘长泰，做每件事情都不能抱着试一试的心态，而一定要抱着必须做好的心态，这样才能把事情做好。刘长泰点点头，与领导告别之后就来长平村村委会咨询了。

曾晓静觉得这也是一个有故事的人。

“虽然我退伍已经八年了，但是这八年里，我一直都保持着在部队的习惯，准时起床，准时训练，准时吃饭，也对部队的生活非常怀念。当初我的领导跟我说起网上创业，我就希望这一切都可以与部队生活融合在一起。”刘长泰说。

曾晓静点点头，让他先填表格。刘长泰填好表格之后说道：“我以后还有很多不懂的地方需要请教你们。”

“这个您放心，我们长平村基本每个礼拜都会组织电商培训，有基础班，有提升班，还有突击班。”曾晓静说。

第二天，刘长泰也开始了他的网上创业之旅。

21 网店策划案

最近想要网上创业的故事远比产品的故事更加丰富，王兴品味着残疾人黄文英网上创业的故事，与林许一起为她的网店取了一个店名——“黄文英的小铺”。“黄文英的小铺”在装修风格上并没有刻意去刻画黄文英的残疾，也没有走悲情的路线，而是以折翼天使的姿态、积极阳光的生活追求来表达店铺的主题。

为什么这样策划呢？在王兴看来，如果展示残疾，确实可以在短暂时间内得到别人的同情，但是长久下来，人们会慢慢变得冷漠。

王兴在店铺最顶端写了一句很有意义的一段话，说的是一对中年夫妻，丈夫推着坐在轮椅上的妻子，妻子抚摸着丈夫那双粗糙的手，下面出现一句广告词：我的前半生是你来支撑，你的后半生将由我来掌舵。这说的是两夫妻的相濡以沫。

这个文案在网上引起强烈的反响，“黄文英的小铺”一时之间红火得不得了，迅速成为长平电商旅游艺术村的一个典型代表。镇委镇政府高度关注，镇委书记和镇长等领导特意前来上林组走访慰问黄文英家庭，这让两口子非常感动。

肖青山也很豪爽，当场表示愿意与黄文英合作，将自己的纺织品放到老林家的小铺来卖，合作费用每年一万元。仅仅是合作费用，还不包括各种提成。这在很大程度上解决了一家三口的日常生活问题。

对于秦青放弃自家小饭馆进行网上创业的故事，王兴对他的打造只抓住一点——眼界，也就是指秦青放弃以前安逸的生活，走上网上创业之路，为的是想看看世界。而他看世界的方式并不是通过奢侈的旅游，而是通过网络，通过科技，通过与人沟通。

王兴给秦青的网店取名为“小老板的网店”，主页的设计画面是一个掉入井底的年轻人，通过互联网曲线看世界。广告文案是：世界这么大，我想打开眼界。这句文案结合这幅画面，意思是“我”想通过互联网打开眼界，而不是成为一只井底之蛙。

这句文案在大学生、白领群体中得到强烈的共鸣，一时间“小老板的网店”的主流消费群体就是大学生、白领以及那些从未去过远方的人们。这个网店也取得了很大的成功，成为长平电商旅游艺术村的一大亮点。

针对退伍军人刘长泰的故事，王兴打造的重点是时光部队。他给刘长泰的网店取的名字就是“时光部队”。时光流逝，流不掉钢铁部队的本色，店铺以绿色为主，配以刘长泰年轻时在部队的照片，英姿飒爽。并且放了一张现在的照片，虽然时光匆匆，但身姿还是和从前一样。广告文案为：时光易老，军魂犹在。

这在很多退伍军人和家属心中留下了极为深刻的印象，

很多原先的战友看到刘长泰还和八年前一样，真为他感到自豪。没想到刘长泰这么多年来一直这么严于律己；很多人流下了感动的泪水，感慨这真是军魂之所在啊。

然而，这三家店火爆的背后也暴露出了很多问题，就是当接到大量的订单之后发现存货量根本不足，不知到底是继续接单还是拒绝接单；再加上大家刚刚学会上网开店，有时候忙得不知所措，打字慢，回复慢，客服质量跟不上……

就拿“黄文英的小铺”来说，店铺刚开张的时候非常火爆，这让刚刚学会上网的黄文英忙得不可开交，有几次都快断货了。面对货物稀缺的问题，她不得不向林晓恒求救。林晓恒让黄文英只管接单，不够的商品他会尽快补货。有一段时间，林晓恒不仅要为自己雕刻根雕，还要为黄文英雕刻，根本忙不过来。黄文英一时半会儿又不知道该怎么办了。

与黄文英店铺相似的上林组其他几户人家的根雕又卖得不好，出现了货物堆积的情况。这个问题后来还是李国强出面解决的，解决方法就是谁家店的生意好，其他店家就可以直接供货给他，让那家店来卖。从这时开始，左邻右舍开始“串货”，串货在很大程度上解决了黄文英库存不足的问题。

但是库存不足的问题在秦青和刘长泰二人那里就无法用串货来解决了，因为他们卖的产品比较丰富，比如辣椒酱、红薯粉、豆腐乳等。由于他们是第一次在网上开店，很难评估每天的销量应该是多少，他们在批发市场批发这些商品的时候往往不是少了就是多了。少了的话如果再去批发又很麻烦，多出来的卖不掉也很麻烦，前期往往货物不能按时到买家手中，这常让买家抱怨。

这些问题都反映到了任文天那里，任文天一方面敦促电

商服务基地尽快将产品策划好、包装好，分销平台必须赶紧上线，在最短时间内将分销平台对接到长平村；另一方面，与大家相互沟通，前期尽量卖一些库存量大的商品，库存量小的商品暂时全部下线，只有这样，才能缓解燃眉之急。

秦青和刘长泰接受了任文天的意见。任文天也明确了自己要做的事情，那就是尽量找到货源，找到更大的供货商，尽快让分销平台上线。

订单的激增同时对物流提出了更大的挑战，任文天没有闲着，立刻与镇上的物流公司沟通。物流公司以最快的速度派遣人员入驻了长平村，组建了临时点，方便了村民。但临时点并非长久之计，任文天又和物流公司一起商讨更多合作事项，一切都是为了服务乡村振兴，方便村民。

自从长平电商旅游艺术村新推出了这三家代表网店之后，加上林晓恒的“长平根雕之光”和村委会创立的长平村特色馆，在很短的时间内聚集了大量的人气。它们可谓是长平村的“神奇五侠”，不仅获得了镇里的认可，同时也获得了省市的认可，长平电商旅游艺术村正式走上正轨。

镇长松了一口气，这段时间的工作总算有点成果。任文天也松了一口气，如今村里电商工作也算风生水起，步入正轨了。

王兴、林许、王浩这“三剑客”也松了口气，没想到自己在策划方面的确有天赋，推什么火什么，期待自己今后创造更多的成功案例。

王兴一直将策划与哲学联系在一起。在哲学领域，人类一直需要解决三个问题：你是谁？从哪来？要去哪？王兴认为，其实在做策划时，也要解决这几个问题。哲学中的“你是谁”所对应的是这个产品、这个店铺是谁，这个“是谁”就是别人对你的分辨，人们是通过姓名、性格、特性对你进行分辨，那么放在策划中，就意味着你的产品、你这个店的标签是否可以很容易让人留下深刻印象。只要突出一点就解决了“你是谁”的问题。哲学中的“从哪来”这个问题，对应到如今的长平村网店就是农产品、就是乡村电商。哲学中的“要去哪”，就是指你的产品针对谁，谁是你的买家。当把这些问题都解决之后，自然水到渠成。流量、好评通通都来了，不想成功都难啊。策划方案不是天花乱坠，而是突出一点，主打标签，抓住你的客户，进而让客户购买。策划终归还是激发购买欲望的。

到现在，曾晓静倒也没有松过一口气，因为她从来没有憋过一口气。大家都沉浸在喜悦之中，但她并没有觉得多喜悦，每天依然保持高强度的工作。这天她又对“三剑客”说：“明天我要去下林组探望几位困难户，你们三个有谁愿意跟我去吗？”

林许摇摇头，说：“自从我们做火了那三家网店之后，现在整个村子里的村民都跑来要我们给他们做策划，有的要给钱，有的要请吃饭，现在我手上堆了一堆的任务，做不完啊。我哪敢去见他们。”

王浩也摇摇头，说：“是啊，可是我们怎么能收乡亲们的钱呢？我们本来的任务就是服务乡亲们啊。现在库存不足的问题还没解决，整个镇都在忙于挖掘新品，据说一个礼拜之内要上线至少两百款产品，我的拍摄任务也很繁重。”

曾晓静又看了看王兴。王兴说：“他们两个都脱不开身，我作为书记的助手也走不了啊。”

曾晓静急中生智，说：“你们这些搞策划的不愿体察民情，就是不接地气，没有一点儿自己的亲身经历怎么写得出好的策划方案呢？”

林许可有些不高兴了，说：“你也看到了吧，我们已经有这么多成功的案例了呀，怎么就不是好的策划方案呢？”

曾晓静不屑一顾，说：“这是初期，等到以后，买家们会更加挑剔，你们就会思维枯竭，到时候不知道怎么做策划方案了。”

王浩说：“你说得很有道理。”

“你们以为我不知道你们工作忙吗？你们以为我很想打搅你们吗？我只是给你们一个亲身体会的机会，让你们更有灵感。”曾晓静的话还挺有道理的。

“这个你就叫王兴去吧，王兴这家伙最闲。”林许说。

“怎么说话的？”王兴说，“哪次出文案我没参与？”

“你还别说啊你，你是全部参与了，但都是口头参与，从没见过你写文案。”林许说。

“这叫作社会化分工，有的人负责说，有的人负责写，有的人负责实施，这不挺好吗？”王兴说。

"成，您是我们的领导，领导自然是负责说，我们这些下面的小弟自然是负责写和执行了。"王浩说。

"那么就麻烦领导跟曾姐去吧，然后跟我们说出更好的创意。"林许说。

大家都看着王兴。王兴一时语塞，当场认输，转身对曾晓静说："好吧，我跟你去。"

王兴与曾晓静一起外出时，他下意识地看了一眼华娜的办公室，但华娜正在低头忙着，并没有注意到他。王兴这个下意识的动作，恰巧被曾晓静看在眼里。曾晓静对着王兴微微一笑。王兴觉得很尴尬，紧跟在其身后，问道："曾姐，您这是什么意思？"

曾晓静笑得更大声，说道："你们年轻人那点事还能瞒得住我？"

"啥事？"王兴故作不懂。

"还装？"曾晓静看着王兴，提醒道，"她是一个好姑娘，你可得多上心啊。"

"啥？"王兴脸都红了。

"没啥，总之姐该提醒的都提醒了，接下来就是你俩自己的事了。"曾晓静说完，启动了汽车，两人一同前往下林组。

22 聚会

从下林组回来后，王兴可够累的，很想休息一下。曾晓静看出了大家的疲态，提议道："我看大家这段时间确实挺累的，要不这样，今天晚上我们聚聚餐吧。"

这下大家都开心了，表示确实应该吃一顿好的，放松放松了。

"我提议让王兴和华娜去镇上买菜，怎么样？"曾晓静看看王兴，又看看华娜。

"啊？"没想到俩人异口同声尖叫了起来。

"怎么，你俩不愿意为大家服务吗？"曾晓静反问道。

"我肯定没问题，就怕把王兴累瘫了。"华娜从自己的办公桌前走过来说道。

王兴立刻从沙发上跳起来，说道："没问题，为人民服务一点问题都没有。"

"那就这么定了，你俩现在就去买菜吧。"曾晓静看了一眼王兴，还对他做了一个"加油"的动作。

王兴当然明白曾晓静是故意给他俩创造单独在一起的机会，他就算再累也会抓住机会的。只要能跟华娜单独待一会儿，他就觉得很放松、很开心了。

他们骑着摩托车一路往镇上去了。

坐在后面的华娜一边望着长平村的沃野，一边问王兴："你是什么时候学会骑摩托车的？"

"很小就学会了。"王兴一边骑一边说，"念初中那会儿我们这边开始流行上网，但是我们村你也看到了，想要上网得去镇上，我就学会了骑摩托。"

"为了去上网？你干吗不骑自行车啊？"华娜问道。

"骑自行车太累了，到了镇上也很容易被人偷掉。"王兴说，"可能你不知道吧，那个年代有各种小偷，什么都偷。现在社会进步了，主要是很多人都有活儿干了，小偷少了很多。"

华娜点点头，说道："确实，那个年代很多年轻人都无事可做，又没有什么赚钱的本领，游手好闲，很多都会铤而走险去盗窃。"

"所以说现在社会进步了，也文明了，不像以前了。"王兴说。

"我发现你跟微信聊天的时候很不一样。"华娜说。

"是吗，哪里不一样？"王兴问道。

"总之网络上的你和现实的你有很大不同。"华娜说。

"那你说，是网络上的那个我更有魅力，还是现实中的我更有魅力？"王兴的胆子越来越大了，故意这么问。

"你这人真讨厌，夸赞你两句还上头了。"华娜故意不回答。

"哈哈——"

他们一路有说有笑，没过一会儿就到了镇上的菜市场。

在王兴看来，上午菜市场的菜应该更加新鲜，但是出乎他的意料，下午菜市场的菜不仅新鲜，品种还很丰富。因为下午很多人下班，下班就要回家做饭，对于上班族来说，下午买菜是最好不过的事情。王兴大开眼界，一眼望过去，这些菜如果都可以被包装一下，那又将是几百款新品。他琢磨着让电商服务基地跟菜市场合作，打造一个线上菜市场，这样或许又是一条很好的电商之道。

当然，这只是王兴的一个想法，至于具体怎么操作，目前还没有很好的思路。

在菜市场里面逛了一圈，王兴并没有被这些菜吸引，因为那些菜都是大棚种植出来的。倒是菜市场门口那些穿着破烂的老人家装在筐里或是篮子里的那些菜，一直吸引着他的目光。

比如他看见一位老奶奶提着一篮子土鸡蛋，土鸡蛋不多，但是每一颗看起来都有故事；再比如另一位老奶奶挑着的两篮子蘑菇，蘑菇上面还有黑色的土，但是这些蘑菇一看就不是在田地里种出来的，而是在山上采摘下来的野生蘑菇。

王兴走到那位卖蘑菇的老奶奶面前，问："阿婆，您这蘑菇多少钱一斤？"

奶奶说："48。"

王兴问："您这蘑菇挺贵的。"

奶奶说："我是从山上一棵一棵采回来的，很稀少的，当然贵些啰。"

王兴问："从山上挖出来的吗？"

奶奶说："你要是不起早一点，你都捡不到，别人比我卖得还贵，有人还卖68块钱一斤呢！"

王兴问："您家是在哪儿呀？"

奶奶说："就在下林。"

王兴说："来镇里一趟也还蛮远的。"

奶奶说："也不远，我卖完之后就要搭车回去了。"王兴说："好吧，我全买了。"

奶奶露出质疑的眼神，问："你全买了吃得完吗？"

王兴说："我们好多人吃，就算今天吃不完，明天还可以吃啊。"

一共3斤5两，王兴全买了，168元。华娜问王兴为何全买了？王兴说只是想让老奶奶早点回去。华娜被王兴的善良感动了，说："也许哪天我们去下林，还能遇到老奶奶。"

"是嘛，我真想把老奶奶的故事做成一个策划方案。"王兴说。

"那你买蘑菇的原因就不纯粹了。"华娜说。

王兴突然拍了一下脑门，把蘑菇放下，追上老奶奶，连忙喊道："奶奶，等等。"

老奶奶回过头看着王兴，问："怎么了？"

王兴问："奶奶，您家在下林哪里啊？"

"下林一共只有两栋两层的房子，其中一栋就是我儿子的。"老奶奶说到这儿很自豪。

"是嘛，只要找到房子就能找到您吧？"王兴问。

奶奶笑了，说："可以找到啊。"说完就往车站那边走去了。

王兴目送奶奶走远，随后和华娜又买了一些菜就回去了。

他们回到长平村委会的时候，王浩和林许还在办公室里一边听音乐一边工作。曾晓静正在楼上煮饭，见王兴和华娜回来，就在楼上大喊："赶紧把菜拿上来洗啊！"

王兴刚一停车，华娜就提着菜跑了上去。王兴走到办公室与留守岗位的两位打了一个招呼，也跟着上楼去帮忙洗菜了。

曾晓静见华娜手上提了这么多蘑菇，问她："怎么买这么多蘑菇？"

华娜把买蘑菇的经过全部告诉了曾晓静。曾晓静对华娜眨眨眼睛，说："王兴不仅有'职业病'，还很有爱心。"

这时候王兴正好走了进来，说："你们说我坏话？"

"天地良心，你没听到我们在夸你吗？"华娜说。

"怎么夸的呢？"王兴问。

"你还要不要脸啊，这么臭美。"华娜说。

就这样，他们一边互相调侃，一边做饭，晚饭很快就做好了。

"王浩、林许——吃饭了——"曾晓静属于那种天生嗓门大的人，她不用下去叫他们吃饭，只需要站在楼顶向下喊一声，方圆十里的人估计都能听到她的声音。

王浩从办公室里跑了出来，看着站在楼顶的曾晓静，喊道："小点声啊，你看大地都被你吵醒了。"

华娜说："那你们还吃不吃饭了？"

王浩说："来了！"

王浩一走进厨房就看见桌子上摆着啤酒，兴奋不已，说："哇，啤酒！"

王兴说："对你好吧，专门为你买的啤酒！"

王浩问："你怎么知道我喜欢这个牌子的啤酒？"

王兴说："我猜你们这些喜欢看足球的人都喜欢喝这个牌子的啤酒。"

王浩说："太爱你了，王兴，你对我太了解了。"

这时候林许也来了，看到桌子上摆放着的椰子奶，兴奋不已，说：“哇，我已经好久没喝椰子奶了！”

林许正要上去拿一瓶，就被王兴给阻止了。王兴说：“对不起，那不是给你买的，你就喝二锅头吧！”他从碗筷后面拿出了放在那儿的一瓶二锅头。

这时候林许嘴角不快，说：“二锅头就免了，还是喝点啤酒吧。”

王浩说：“这可是王兴专门为我买的，你还是喝你的椰子奶吧。”

他们就这样一来二回地吵吵闹闹，曾晓静和华娜就在一旁看着。多久没有感受到这股热闹了？虽然吵闹，但她们也很沉醉其中。

这天晚上他们一边吃饭一边调侃，好不热闹。吃饭的过程中他们也会讨论蘑菇的话题，曾晓静手艺很精湛，蘑菇炒得出奇地鲜香美味，大家一扫而光。

在这欢乐的气氛中，大家喝完最后一杯酒，散了。

看到王浩和林许两个人已经起身走了，王兴也要走了，不过这时候却被华娜拉住了，王兴问：“怎么了？”

“没，没什么。”华娜脸红了，说道，“早点休息，晓静姐说明天让我也去下林。”

王兴笑了，说：“好啊。”

这天可能真的有些醉了，王浩一回到宿舍就蒙头盖脸地睡了。不过王兴的精神还相当好，依然坐在电脑面前忙活着。林许洗漱完毕之后看见王兴还在忙，叫他早点休息后也倒头便睡了。

23 奶奶的竹篓

虽然头天晚上睡得晚，但第二天早上王兴还是起得很早。原来他昨晚睡觉之前收到了曾晓静的微信，说今天要早点去下林组。

王兴洗漱完毕时正好是六点，他本想看一会儿书，但还是从宿舍溜了出来。没想到曾晓静已经起来了，正好见王兴从宿舍出来，对他说道："很抱歉，书记叫我现在过去镇里，今天只能麻烦你和华娜替我去一趟下林了。"

"啊？"王兴故意做出一副很惊讶的样子。但是曾晓静可是过来人，笑道："啊什么啊，这是给你们俩多创造机会呢。"

"啊——"王兴又故作震惊。

曾晓静向王兴告别，此时华娜正好也从宿舍出来了，向王兴打招呼，王兴也向华娜问候。

"哦，对了，晓静姐说今天让我跟你一同去下林，她说你上次去了，知道该做什么。"华娜说道。

"现在就走吗？"王兴问道。"先吃早餐吧。"华娜说道。

两人简单吃过早餐之后，一边快活地聊着天，一边骑着摩托车去下林了。

清晨的村庄云雾缭绕，路两边的空气清新甘醇，昨夜的酒气早已烟消云散了。远处太阳山在云雾之间若隐若现，美若仙境。

“希望我们有机会组织一次去太阳山旅游，那一定很美。”王兴说。

“你还别说，我来长平村也蛮久了，还没去过太阳山。”华娜说。

“等以后四大旅游景区全部连在一起了，我们真应该好好逛逛。”王兴说，“华娜，你知道我最近在想什么吗？”

“什么？”华娜问。

“我自从认识了任书记，来到长平村村委会上班，培训了那么多人在网上开店，才发现每一个想在网上开店的人其实背后都有一个故事。首先从林晓恒说起，他可是长平电商旅游艺术村网商第一人，他的故事就很丰富。再看黄文英身残志坚，秦青从一个小老板转型开网店，刘长泰的军魂形象，我相信以后还会有很多有故事的人聚集到我们长平村，他们的故事多么的丰富，他们的人生阅历多么值得留存在长平这个发展中的电商村啊。所以呢，我就想啊，我们能不能专门为这些在长平村网上创业的人立一个小传呢？书名就叫作《长平电商旅游艺术村——平凡人的光芒》。先别说这本书能不能卖得好，重要的是让每一个曾经在长平村奋斗过的人都能在这里留下他的印记。我们不以成败论英雄，我们只想告诉每个人，他们曾经都拥有很多美好的故事，他们都曾为一个梦想努力奋斗过。”

华娜听得很陶醉，说：“这个创意太好了，我们只写平凡人的故事。”

“是的，我们只写平凡人的故事，让每一个平凡的故事释放出奋斗的光芒。”王兴说。

“哦，好啊！”其实不管王兴做什么，华娜都非常支持，她继续说，“那只要你写完，我就要第一个拜读。”

“不过有一点我是很担心的。”王兴说。

“什么？”华娜问。

“我的文采可不好，怕是写不好，要不我来口述你来写吧？”王兴说。

“扯淡吧你，你就想偷懒。”华娜捶了王兴的后背。王兴则一边求饶一边憨笑。

说说笑笑间，他们就到了下林。这会儿，太阳也露出了笑脸。他们到了下林之后，正好看见昨天那位老奶奶在马路旁的小河边洗衣服。

这个世界的缘分果然如此奇妙，昨天华娜说可能还会遇到奶奶，没想到这么快就见到了。王兴高兴地朝奶奶大喊一声，奶奶回过头，先愣了一会儿，然后朝王兴笑了笑。

“是你们啊！”奶奶一边洗衣服，一边笑，然后问，“蘑菇好吃吗？”

华娜坐在摩托车后座竖起大拇指，说：“好吃啊，那3斤5两昨天晚上全部吃完了。”

“哦？是吗？那就好啊。”奶奶又在那里笑。

王兴把摩托车停好，问奶奶：“奶奶，今天您还去采蘑菇吗？”

“去，洗完衣服就去。”奶奶说。

“那我今天跟您一起去采蘑菇吧。”王兴说。

“好啊。”奶奶又笑了。

华娜扯了扯王兴衣服，问：“你还真去啊？”

“那当然。”王兴笑着说。

奶奶洗好衣服后，带着他们来到自己家。奶奶晾好了衣服，王兴也把自己的摩托车停在奶奶家的屋檐下，三人就一起上后山采摘蘑菇去了。

去后山，还要走过那条小河，再走过一条条蜿蜒的田埂，走过了田埂，还有一条小溪，跨过小溪，前面有一条弯弯曲曲的小路，小路一直延伸到了那片竹林。

王兴问老奶奶蘑菇是不是长在竹林。

奶奶说竹林只长竹笋，走过这片竹林，后面还有一座山，在那座山上才能采到蘑菇。

王兴主动说帮奶奶背竹篓，奶奶还不舍得，说已经背习惯了。华娜则负责在后面拍照，将奶奶的足迹全部拍了下来。那些照片质朴而充满灵气。

他们翻过了竹林，见前面那座山明显比竹林更加陡峭，看起来也更加危险。王兴叫奶奶小心，但奶奶反而笑了，说

她从十八岁就开始爬这座山，他们才要多加小心。

王兴和华娜跟在后面，只见奶奶背着竹篓也身手矫健，完全看不出她已经快七十岁了。那天上午，他们跟在奶奶后面，也采摘了不少蘑菇。奶奶直直腰，擦了擦额头上的汗水，说：“都快中午了，应该回去了。”

他们还是按照原来的路线返回，王兴又想帮老奶奶背竹篓，但是老奶奶很固执，一定要自己背着。这个竹篓似乎已经不是简单的竹篓了，而是老奶奶生命的一部分。

回到了下林，老奶奶一边叫他们留下来吃午饭，一边走进厨房准备生火。华娜说她还要去走访下林几户困难人家。听到这话，老奶奶夸赞华娜是一个好姑娘，又看了看王兴，夸王兴好福气，找了这么好的一个姑娘。

王兴赶紧解释说他们只是同事，一起来下林办事的。老奶奶笑了，也没多说。华娜瞟了一眼王兴，低着头先走出了老奶奶家。

与老奶奶告别后，他俩认认真真地走访了登记在册的下林困难人家，同时将电商扶贫政策跟他们详细解读了一遍。他们都觉得这个政策非常好，就是担心自己做不好。

王兴和华娜用上林组黄文英的事例鼓励他们，只要愿意去学习，去琢磨，就没什么好顾虑的。

他们将这些困难户的情况记录好了之后，已经是下午三点了。回去的路上，华娜拍了拍王兴的肩膀，问：“刚才奶奶说你好福气，为什么脸红？”

“有吗？我脸皮很厚啊，怎么会脸红呢？”王兴狡辩。

“别不承认你喜欢我。”华娜说。

“切，没有一个女子有你这么不害臊的。”王兴说。

“喜欢你就说嘛，也许我会考虑考虑。”华娜说。

“以后再说吧。”王兴一边骑着摩托，一边故意这么说。

“哦，对了，认识你这么久，都还不知道你有没有女朋友。”华娜说。

“这个世界上女人永远有一个共同的天性，那就是喜欢八卦。”王兴说。

“如果我不在乎你，我才懒得知道你有没有女朋友。”华娜说。

“也就是说我没有女朋友的话你愿意做我女朋友咯？”王兴问。

“看你表现咯！”华娜说。

“我现在骑车很稳当，我确保你没事。”王兴说。

“这也算表现吗？”华娜问。

“那当然，我可是会保证你安全的可靠男人。”王兴说。

“那好吧，你的表现还可以，我会记着的。”华娜说。

这时，王兴突然急刹车。

“哎呀——”华娜前倾得厉害，整个人贴在了王兴后背上，“你就这样可靠的吗？”

王兴回过头看着一脸急促的华娜，说：“其实我念大学的时候有一个女朋友。”

“跟我有什么关系？”华娜故作镇定。

“不过后来我们分了。”王兴说。

“那跟我又有什么关系？”华娜依然故作镇定。

王兴看着远方的天空，自言自语：“我只会祝她幸福。”

后座的华娜什么也没讲，王兴重启油门，继续前行。一路上，他们都没讲话。对于王兴来说，他确实很喜欢华娜，但是他也不想欺骗她，他要把所有的事情都告诉她，让华娜自己好好抉择。

回到村委会的时候，王兴又有了一个灵感，那就是要为老奶奶开设一个名叫“奶奶的竹篓”的网店，通过田园风的设计来烘托一位乡村老奶奶去寻找蘑菇的故事。这个创意让林许和王浩大为惊叹，没想到王兴去一趟下林能有这么大的收获。

在得到奶奶的同意后，他们决定将这个网店交由奶奶的儿媳妇打理。不久，“奶奶的竹篓”正式上线。网店主卖根雕、竹雕、竹篓艺术品和野生鲜蘑菇。上线几日，这个店就吸引了一帮跳广场舞的大妈，大妈们在这里购物，在这里留言。她们没想到乡下的老奶奶还能背着竹篓翻山越岭寻找蘑菇，然后又将蘑菇背到圩镇上去卖。虽然大家知道这是老奶奶的生计需要，但大多数人更为奶奶的健康、积极、阳光所感染，由衷地感叹真是老当益壮。有些大妈表示，以后要编排一支背篓广场舞，集体背上竹篓，跳出老年人的精气神。当然，年轻人也纷纷留言，表示看到老奶奶健步如飞的照片后，自己充满了力量，并祝福老奶奶健健康康、快快乐乐地生活。

老奶奶的儿媳妇时常会把网友的祝福一条一条读给她听，老奶奶听到这些祝福，每次都笑得合不拢嘴。乡亲们都对她说：“你家的网店做得这么好，你以后就不要再去爬山采蘑菇了。”老奶奶听了总是乐呵呵地说：“我要不采蘑菇，他们就吃不到我的鲜蘑菇了。”

老奶奶就这样一直坚持下去，只要天气允许，她就每天背着竹篓走进后山。网友们依然感动着，祝福着。

24 忧患意识

长平电商旅游艺术村正在如火如荼地建设着，四大旅游景点的开发也在夜以继日地进行着，长平村已经声名远播了。

但是，这段时间很多地方的网店差评如潮，很多人举报他们卖假货。电商平台没有手软，将这些店铺全部关停。这件事情引发了任文天和镇长的高度关注。长平村的四大景点马上就要在上林组连通汇合了，长平旅游艺术展览也将要举行了，长平村的电商事业可不能出一点儿岔子啊。

虽然长平村的电商事业风头正劲，并且上升势头很足，但是在出品和发货上还有很多不足。出品的不足在于人们对产品的监控不够严格，发货的不足主要还是物流的短板。虽然长平村最早搭建了乡村物流基地，但是这些刚刚招聘进来的工作人员还不够专业。如果在成长期不能很好地规范，当长平村的电商事业呈现井喷式发展的时候想要控制出品和发货就会更加困难。

不过，长平村还算幸运，前期网上交易所涉及的商品主要是根雕艺术品，如果是食品，没有很好的出品和监控措施，一旦流通到市场出了问题，对整个长平村的打击将会是致命的。一旦被贴上了“有毒食品制造村”的标签，长平村以后想翻身都难。

必须要防微杜渐！任文天觉得规范管理迫在眉睫。镇长也有同样的担忧，问任文天该怎么来解决。

“我们现在必须建立黑名单制度，规定凡是在长平电商旅游艺术村创业的网商，都不能在没有经过品质监控的情况下私自发货。如果私自发货，就要受到严厉处罚，拉入黑名单，永远不能在长平村开设网店。”任文天说。

“好，这个我很支持。”镇长说。

“还有，尽快对接分销平台。分销平台的最大作用就是完成统一管理、统一包装、统一配送、统一售后等标准化操作，一旦实行标准化操作，假货的问题就可以尽量避免，因为进货是统一的，方便溯源，也方便监控品质。这也是我们要与供销社一起建设分销平台的原因。”

“这件事我马上督促供销社解决。”镇长说干就干，立刻与供销社沟通。供销社也积极响应，没过几天，供销社的分销平台与长平村电商服务基地做了对接。分销平台好比一个大仓库，网商只需自己登录分销平台，在平台上选择擅长经营的产品就好了。

长平村家家户户都知道任文天和政府都是为了他们在细致地考虑，都愿意遵守他们的规则，严格遵守法律道德底线。他们纷纷在分销平台注册会员，选择自己比较熟悉的农产品，并连夜将选好的农产品上架，丰富自己的网店产品，彻底解决了断货、供货不足的问题。

之前长平电商旅游艺术村积累下来不少名气和流量，所以当这些新品全部在长平村网店上架的时候，短时间之内就取得了不俗的成绩，当天平均每个网店的交易额都突破了三千块钱，而长平村一千多户人家中有三百多户开了网店，总交易额就突破了一百万元。

这段时间，黄文英家忙得不可开交。王兴和华娜隔三差五去一趟她家帮她做客服。黄文英实在不好意思经常麻烦王兴和华娜，就更加刻苦地学习这些技能技巧。黄文英学得很快，她女儿学得更快，她女儿在网上与客户交流得更加顺利。而老林呢，他完全不懂电脑，只能一个人在背后整理订单，包装商品。连续好几天，整个村子的包裹堆满了村委会的大院子。物流人员根本不够，村委会的干部们加上工作人员又开始分拣包裹，支援发货。

长平电商旅游艺术村的发展是健康环保而又可持续的，这再一次引起了上级领导的高度重视，各大媒体又竞相报道。这段时间李国强可是够忙的，接待完了市电视台记者，又接待省级电视台记者，接着就是接待各大门户网站记者。他自己也开了一个微博账号，时不时发布一些长平村的消息，一时之间粉丝量突破了三十万，成了网络“大V”。

曾晓静开玩笑地问：“主任，成了名人的感觉怎么样？”

李国强两手往后一背，说：“‘大V’可比村主任强多了。”

长平旅游艺术展览原定于五一在长平村上林组举办，但考虑到四大景区暂未完全打通，安全隐患不可不防，镇委决定将这场大型活动推后到十一黄金周前的九月三十日举行，还有五个多月的时间准备。这个时间可以用于网商经营能力的进一步强化，物流体系的进一步建设，根雕艺术的进一步提升，景区路线的进一步稳固。

眼看着长平电商旅游艺术村的电商事业如日中天，只要把商品往这儿一放保准能卖出去，各大供应商纷纷找到了任文天。这些供货商可不仅仅是全省范围的，也包括全国范围在内的。这样一来，分销平台更加丰富。

在镇政府的撮合和支持下，镇里的科学技术学校很快与长平村电商服务基地达成了校企合作意向。《意向书》明确，长平村电商服务基地在科学技术学校专门开设电子商务培训班，专门用于培训电子商务知识，服务本镇电子商务发展。电子商务培训班每个月开展一期，自愿报名参加，每期招收100名学生。每期毕业生毕业之后都可以在长平电商村实习工作。实习期间按照表现给予工资以及奖励。实习期间表现良好的可以与长平村电商服务基地签订劳务合同，正式成为长平村电商服务基地的员工。

由于长平村电商在这段时间内确实做出了成绩，加上各大媒体的争相报道，学校的学生们都知道了长平电商旅游艺术村的神话。见长平村电商服务基地来学校开设了电子商务培训班，一时间全校百分之八十的人都来报名。

这出乎了任文天的预料，但是每期培训班只招收100名学

生，也没法再度扩张，因为目前长平村电商事业还没有发展到那么大的规模，吸纳不了这么多人，除非他们都愿意去做物流配送，可是这也不现实，并不是每个学生都能吃得了这个苦。所以在众多的报名人选中，初期培训班还是尽量做出了筛选，选择了一些优秀的苗子，其他的都得等到第二期开班。人才的培养和储备任务就这样进行着，在任文天眼里，这些人中的大部分都会成为长平村电商大军里的顶梁柱，也是乡村振兴、共同富裕的中流砥柱。

长平村的乡亲们沉浸在幸福和喜悦之中，开了网店的三百多户人家每天至少有两百多元的收入，月收入破万的都有好几十户人家。慢慢地，村民们觉得网上开店真的太简单了，以后根本就不用学习，也不用请王兴他们策划了，分分钟就能搞定。

不思进取的心态在长平村蔓延，村民认为这个收入足够了，毕竟每月收入过万是他们以前想都不敢想的事情，现在居然坐在家里就能实现。

王兴早已察觉到这股不正之风，心里难免有些怒气。他找到李国强，把自己的想法告诉他。王兴认为虽然长平村最近确实取得了不小的成绩，营业额也很高，但是也要不定期组织村民们培训，不断提高认识、增强技能。

可是李国强的想法与村民们是一样的，他说："开网店不就那几样吗？'亲，您要买什么？我这里有哦。''亲，记得给好评哦！''亲……'对那些刚开店的进行培训就可以了。"

王兴尽量控制住自己的情绪，说："如今长平村正在与各大中专类学校合作，这批人才一旦学成加入网商浪潮，凭借他们的素质和才能，一定会将现有的村民网商全部取代，到时候他们想学估计也来不及了。这就是，长江后浪推前浪，前浪死在沙滩上。”

“我看没有这么严重，长平村现在的网店这么火，一时半会儿还没有人能够取代。”李国强反驳。

“那您自己也知道为什么这么火，主要是政府花了大力气来给长平村做推广。如果离开了政府支持，仅靠长平村现有的电商人才自己来推广，能形成这么大的影响力吗？”王兴说。

王兴这句话倒真的刺痛了李国强。

“机会只有一次，能不能抓住，全看大家是否愿意主动去学习。就算以后政策支持力度没这么大了，只要乡亲们都掌握了基本的方法，也就不用害怕了。营销推广的手段，自己一定要学会，这个真的不是跟您开玩笑的，开网店的技能也一定要提升，如果得不到提升，迟早会被淘汰的。”

听完王兴一席话，李国强也心虚了，现在乡村电商是新兴产业，走在前头的人都能赚点钱，以后做的人多了，钱就难挣了。于是他听了王兴的建议，再次组织村里的村民进行二次提升培训。当然有的村民愿意来，有的就不愿意来。愿意来的自然还想提升，不愿意来的借口就有很多。李国强的意思也很简单，愿意来的就来，不愿意来的就不要来了，完全自愿。

结果是，那些在网上开店开得好的都来了，黄文英更是积极，虽然没有了双腿，但还是让女儿早早地推着她到村委会，这让很多人都很感动；那些网店开得不好的反而没来。对于这个结果，王兴心里有数，既然不想来，那就随他们去吧。

二次提升培训主要讲的是如何自主参与营销推广以及如

何成为超级卖家。在培训之前，李国强先站在讲台上致了开场词，他说："乡亲们，首先我恭喜大家通过网上创业做到每个月都有万把块钱的收入，这真的是可喜可贺，说明跟着政策走，致富奔小康也不是梦。可是，大家因为现在月入过万就不想学习。这就太说不过去了，毕竟月入过万的还是少数，大多数人依然停留在月入一两千的水平，对吧？你月入一两千就告诉我你不要学习了，这就太令人失望了，难道赚这点钱你们就心满意足了吗？当然如果每个月赚这么多确实也该心满意足，但是环境是不断改变的，你以为你能守住了自己的饭碗，每个月都有这么多的收入吗？那是自欺欺人。别人看见你赚了钱，难道不会用与你相同的方法抢走你的客户、抢走你的生意吗？假如越来越多的人学着我们的样子来网上创业，卖的又是同样的产品，那么你以为坐在家里还能每个月有这么多收入吗？肯定不行，所以我们要抢在别人来模仿我们之前先做好准备，只要不断学习，一直走在别人的前头，我们才能立于不败之地。否则，安稳的日子不会太长久。"

乡亲们一边听着，一边点头，表示赞许。

"再加上现在物价也在上涨，虽然我们在乡村还体会不到大城市的房价上涨，有的人工作一辈子也买不起一个房子，但是有一点我相信大家肯定深有体会，那就是娶媳妇的成本也上升了很多吧。"李国强说到这里，坐在下面的乡亲们就大笑了起来。

"是吧，你们笑了，就说明这是一个普遍存在的问题，我记得我以前娶媳妇的时候还谈什么彩礼，我宰了一头猪就娶了媳妇，现在你看看，你宰十头猪也娶不到一个媳妇。"

这时候场下又笑了。

李国强继续讲："前几年男方娶媳妇要先付五万的彩礼，这还是我们长平村的彩礼，可是其他村，最高的彩礼都涨到二十万了，对吧。就按照我们现在这个赚钱速度，你会说只要一年就能娶着媳妇。可是就算你娶着了媳妇，你的孩子不要吃？不要穿？不要上学吗？到处都要花钱。所以啊，乡亲们，你们真的觉得自己赚得很多吗？那根本就不够花啊！谁还嫌自己钱多呢？"

场下的乡亲们无不点头称是。

"乡亲们，必须去学习，永无止境地学习，千万不能满足于一时。而对今天没来听课的乡亲们，我也不去责怪，如果他们下次还想来听课，我也不会阻拦。"李国强讲完，台下掌声四起。接着正式进入培训阶段。

场下的乡亲们听得津津有味，因为这些东西他们确实不知道，如今学习一遍，感受很不一样。特别是黄文英的女儿，非常认真地做了笔记，虽然不知道她有没有听懂，但是这个小女孩却在李国强的心目中留下了非常好的印象。

长平村的培训课程是理论与实践结合的，理论讲完了，李国强就会要求每一位乡亲实战操作，一直到操作熟练为止，否则不允许走出培训室。所以大家都很努力地听课，很努力地操作。看到这些，大家都很满意。

在这一天的培训学习中，王兴也在暗自使劲，自己的策划水平和能力也要提高，但是在这穷乡僻壤，去哪里找个老师学习呢？还得靠自己学了。作为王浩和林许的负责人，王兴也曾找他们两个人开过一个简短的会议。会议大概讲的就是虽然现在大家策划的店铺都很火爆，但是人的思维总有一天会枯竭的，所以大家也要学习。

王浩说这里条件艰苦，想要学习并不容易，加上上班时间太长了，根本没时间去学习。

王兴只是说："不要被工作占去我们所有的时间，如果没有成长，两年以后的我们还会是现在这个样子，我真的不希望很多年后我们还是在原地踏步，那真的很悲哀。"

王浩和林许听了王兴的话，默不作声。

"在这个地方，我们都是同龄人，互相之间可学的东西其实很少，所以我们得去自学，保持好奇心，保持学习的欲望，哪怕看见一只小狗，都要看到不同的东西，只有这样，我们的脑细胞才不会干枯致死，才有新鲜的动力。"王兴继续说。

王浩和林许点点头，表示不管工作多忙，每个礼拜大家都要开一次碰头会，汇报一下这一周大家学习到的东西，只有不断总结和更正，才能有所进步。

"我会跟电商服务基地申请买书，如果大家在哪方面需要改进，需要买哪方面的书籍，尽管提出来，电商服务基地一定都会满足。"王兴说。

于是王浩提出要买一些专业的摄影类书籍，林许提出要买一些诗集、小说、广告策划文案等书籍，王兴将这些要求记录在案，然后在网上购买这些书籍，希望对大家有所帮助。

王浩说："从这个礼拜开始，我每个礼拜都要抽出两天时间外出拍摄，这样才能保证有源源不断的灵感，才能真正触摸到农村的美丽。"

林许说："我也要抽出点时间到农村转转，否则我真的写不出一点儿诗句。"

王兴表示赞同，说："这里只有我们三个人，我们不能等着别人来敦促我们成长，只能自己成长。"

林许和王浩非常赞同，也很信任王兴。

同样有忧患意识的还有镇长和任文天。

“哦，对了，师弟，现在我们自有品牌打造得怎么样了？”镇长问任文天，现在他每次讲话都带着“我们”，他已经不由自主成了长平村发展的一分子。

任文天笑了，说：“镇长放心，马上就出来了。”

镇长点点头，说：“长平村再也不能只是卖别人家产品的网商基地了，那样就算我们卖出再多的产品也很苍白。到时候别人都会说我们长平村只是一个赚钱的土豪，却没有一个属于自己的好品牌，也没有一个属于自己的标签，更别谈属于自己的文化了，这说出去也是挺丢人的事情。”

任文天和李国强在一旁一边听，一边点头。

“李主任，你来分析一下，我们长平村除了长平村米粉，为什么就没有其他有影响力的品牌呢？”镇长问。

李国强说：“长平村自古以来崇尚小农生产，这主要是受制于长平村的地理位置和地理形势。人们自给自足，根本就不会去考量集约化生产，做出规模做出品牌效应。老百姓谁还懂得做一个百年老品牌啊。”

“政策导向完全可以再创造出几个有影响力的品牌。”李国强的话倒是提醒了镇长。镇长话锋一转，看向任文天，说：“让你们电商服务基地品牌‘三剑客’加油啊，最好赶上十一黄金周，搭上旅游艺术展的顺风车将品牌推广出去。”

镇长说的品牌策划“三剑客”就是王兴、王浩、林许。自从他们在长平村成功打造了几个网店之后，名声也是传遍了全国各地新兴的电商村，目前他们仨根据长平村太阳山竹林居多，盛产竹笋，打造了太阳山竹笋；根据翠山溪流旁边的一块红薯地，打造了翠山溪流红薯粉；根据白马山庄附近的老百姓喜欢编织竹制品、干草制品，打造了白马山庄休闲草鞋；还依托长平村的好山好水好田地打造了长平村白塔有机大米。

这五款新产品打造出来之后，任文天将这一系列策划方案全部递交给了镇长，镇长再次将方案拿到了镇委班子委员会讨论，镇委班子对这五款新产品喜爱有加，夸赞这些策划方案不仅做出了品牌，同时还融合了生态与健康的理念，更将长平村现有的旅游资源整合在了一起，赋予了产品更多的文化和生态的想象，以旅游带动产品销售，以产品带动旅游发展，形成你中有我、我中有你的大格局。会议一致通过了这些方案。于是这五款产品正式完成商标注册，并迅速在长平电商村两千多家网店上架。

产品刚一上架，网友迅速被这五款产品的名字、VI设计吸引，其销量再创新高。至此，长平村真正形成了品牌的联动。

25 村子里的春天

八月，新兴品牌上架后不久，任文天和镇长再次邀请了王教授来长平村友好考察。王教授刚到村口，就看见矗立在路口的“长平电商旅游艺术村”九个金光灿灿的大字，进了村以后更是夸赞长平村做事效率非常高，只用了半年多的时间就打造出了一个有着自己鲜明特色的电商村，这简直是一项不可能完成的任务。

虽然烈日炎炎，但是看到长平电商旅游艺术村正在大踏步发展，大家都不觉得热，太阳越大，反而越有激情。这一次，王教授主要考察了长平村的产品、物流、公共服务以及仓储管理，然后提出了个人意见。

王教授说：“随着长平村电子商务的进一步发展，整个村的物流体系还有些落后，你看，到处都是包裹，这里一堆，那里一堆，现在人少还好，人多的话有人从这里经过随便拿走一个可怎么办呢？包裹也没有一个规范，有空地就放，看起来就很脏乱差，如果可以引进现代化仓储管理，那显然要好得多。”

镇长说：“是啊，早在长平电商村建设之初，任文天就跟我们说过发展到后面肯定要建设现代化的仓库，将物流、仓储、产品供应一体化。当时我们都以为任文天在吹牛，没想到梦想成真了。”

大家都笑了。

镇长继续说：“仓库的建设是必须的，包裹全部堆积在村委会也不像那么回事，既影响交通也影响形象。现在政府决定在靠近白马山庄的地方建设一个现代化仓库。”

王教授在一旁点头，说：“如果可以这样就好了很多。”

“仓库估计会在明年三四月建设完成，明年五一基本就可以正式营业了。”镇长补充道。

王教授听后点头，表示长平电商旅游艺术村的建设已经超出了他当初的预期，并表示回去之后一定要写一篇关于长平电商旅游艺术村的文章，将这种模式向全国推广。

镇长当场大笑，表示到时候一定要拜读王教授的这篇文章。

最后，王教授盛情邀请镇长和任文天参加一个乡村电商分享大会，现身说法，将长平电商旅游艺术村的经验分享给每一位有志于乡村电商发展的伙伴们，让他们少走弯路。镇长和任文天当场表示一定参加。

是日，由于任文天在乡村电商中表现优秀，也赢得了省电商协会的关注，省电商协会发出聘书，聘请任文天为省电商协会常务副会长。对这项莫大的荣誉，任文天表示受之有愧。省电商协会表示，现在正是电子商务发展的大好时机，但是投入电商事业的有志青年在很大程度上都会遇到各种困难，而省电商协会是为了解决各地电商的问题而组建的平台，可以让大家坐在一起将问题抛出来，然后群策群力，一同解决，一同发展，互惠互助，共同进步。

任文天非常认同省电商协会的组建理念，于是欣然接受了这一全新的角色。由于长平村离省城很近，开车只需三个小时，第二天他就到了省里，与省电商协会会长谈了一下对乡村电商发展的看法，并介绍了长平村乡村电商的发展方向和模式。

会长对任文天描绘的长平村乡村电商模式高度认可，并表示，下次一定邀请全省电商同行去长平村参观考察。这让任文天倍感激动。

那天下午任文天在回长平村的路上接到了镇长的电话，镇长告诉他最近省市领导都要来长平村考察，让他做好准备。

“怎么准备？”任文天有些懵了。

“让领导对你们电商服务基地的运作模式和未来发展更加了解。”镇长说。

任文天很兴奋，他回到长平村之后，就着手准备领导的到访。说实话，前段时间乡村物流系统的搭建确实花了不少时间，只知道做事，却忘了总结，原本以为比较简单的事情，到了具体执行的时候才发现困难重重。如今正好趁着领导来访，好好做一个总结。

由于长平村电子商务发展取得的惊人成绩，这次市委书记亲自来长平村调研，宣传部部长陪同调研。市领导首先考察了长平村电商服务基地，还尝试了线下体验、线上购物的全过程。之后，市领导又考察了长平电商旅游艺术村，并表示要加快四大景区连通的工作以及长平村现代化仓库的建设。最后，市领导走访慰问了长平村五大明星网店店主，称他们是长平村的希望之光。市委书记还高度赞扬了黄文英，称黄文英是全市的楷模。

接下来的几天，长平村先后接待了省电商协会、省商务厅、省农业厅、省扶贫办、省供销社以及全省各市镇领导的调研考察，各单位纷纷向任文天抛出橄榄枝，希望任文天可以将长平村乡村电商模式复制过去。

长平村电商服务基地近来在媒体的高曝光之下风头无两，长平村电商模式更是炒得沸沸扬扬。然而更让长平村上下振奋的是，省委书记已经确定在十月一日莅临长平村，一来参加长平村四大景区融合的开幕式，二来参加长平村的旅游艺术展览，三来考察长平村的电子商务发展。

进入了九月，长平村借助媒体的力量已经将长平村旅游艺术展以及四大景区全面打通的宣传推向了高潮，一切都准备就绪。搭台的搭台，布展的布展，都在迎接十一黄金周的到来。而旅游局也是好消息不断，说是四大景区十一黄金周的门票已经在网上被抢购一空，可以预见的是到时候景区将会爆满。听到这个消息大家既兴奋又担心，不知道过两天会忙成什么样子。

到了九月二十八日，一辆辆挂着外地牌照的小车缓缓驶入长平村，这让原本不大的长平村显得更加拥挤。但就算如此，也打击不了游客的兴致，其实他们不仅仅是来这里旅游的，更是想知道传说中的长平电商旅游艺术村到底是个什么东西？好奇心驱使旅客蜂拥而来。

九月二十九日，前来长平村的旅客就更多了，就算到了傍晚，车流还是川流不息，展览还没开始，人们已经提前购物。不过购物可不是线下购物。长平村规定了十一期间，所有游客都得在线上购物，因为线上放出了大优惠，还能直接邮寄到游客指定的地方，也省去了游客提着大包小包的不便。游客们纷纷点赞，表示这种方式非常人性化，因为旅游本来就很累，如果还提着东西那就更累了。

望着长平村如此繁华的景象，华娜不无感慨，也就在这不到一年的时间里，长平村从原先的小破村变成了如今宜居宜业宜游的繁华村落，未来还有很大发展空间。自己也由最早的不太适应，到现在的已经全面适应，如果现在让她离开，她还会舍不得。

王兴在门口看见华娜正站在走廊望着长平村的夜色。自从上次与华娜一同去了下林后，他们之间就很少讲话了，一来是工作实在太忙，二来是彼此之间都需要冷静对待有关爱情的问题。王兴轻轻走到华娜身边，想陪她看长平的夜色。

“你以前问我为什么要留在这个小地方，现在你应该能够感受到它的美了吧？”

华娜原本还不知道王兴在自己身边，听到王兴的话，才转过头静静地看着他。

王兴望着夜幕下的长平村，说：“当你发现了它的美的时候，哪里又舍得离去呢？”

“是啊，美丽的地方，谁舍得离去呢？”华娜说。

“有时候也需要有发现美的眼睛，否则，就算再美，人们也不会多看一眼。”王兴说。

那天晚上，他们谈论了很多，谈到最后都解开了彼此的心结。

“那我们一起为即将到来的展览加油吧！”华娜的微笑依然甜美。

说完，他们依依不舍地回到了自己的宿舍，准备着明天即将到来的饕餮盛宴。

十月一日，盛大的舞台搭建在长平村最大的空地上，雄壮欢快的音乐从早上八点开始，一直萦绕耳畔，旅客们、乡亲们早早赶来了，现场仿佛过年一般热闹非凡。舞台背后的条幅上喷绘着一行金光闪闪的字：

热烈祝贺长平村四大景区连通暨第一届长平旅游艺术品展览会开幕

任文天和镇委镇政府领导很早就来到了现场，然后是市委领导。还没到十点，省委书记的车也到了。

开幕式在雄壮的音乐声中开始，省内最著名的一男一女两位主持人走上了铺着红毯的舞台，他们首先感谢了各级领导抽出节假日的时间来参加长平村四大景区正式连通暨第一届长平旅游艺术品展览会的开幕式，这表明省市两级领导都非常关心长平村经济、科技、旅游事业的发展，也鼓舞着长平村在未来的发展道路上再创新的辉煌。

考虑到十一黄金周人实在太多了，如果在这里滞留太久会造成交通的不便，而这次活动的主要目的是宣传长平村的根雕艺术，所以这次开幕式的程序很简单，没有舞会，也没有请艺人助阵，甚至连剪彩都没有。

开幕式结束之后，旅客们欣赏展览的欣赏展览，游玩的游玩，大家各自做各自的事情，展览室内有很多工作人员，基本是从村委会以及长平村电商服务基地抽调过来的人。市委、镇委领导陪同省委书记参观考察了长平村全新的旅游业模式，在旅游中加入艺术品，再让艺术品通过“互联网+”的思维走出长平村、走出省，走向全国。省委书记对这个模式表示非常认可，说“互联网+”是现在的大趋势，一定要抓住这个机会，做好乡村经济的大转型，从而带动乡村振兴，实现共同富裕。

林晓恒作为根雕艺术管理中心的负责人，详细地跟省委书记讲解了长平村根雕艺术的历史和未来发展规划，他说未来长平村将借助“互联网+”思维，通过电商渠道进一步发展根雕艺术产业。

省委书记点头并称赞林晓恒年轻有为，为长平村的发展贡献了极大的力量。

接着，省委书记去黄文英家看望了坐在轮椅上的电商精英，这让黄文英一家受宠若惊。

从黄文英家里出来，省委书记一行又来到长平村村委。村委宣传栏上每一个月都有相对应的大事记，省委书记在宣传栏前看得出神，任文天就一一向省委书记介绍。省委书记一边听着一边点头，夸赞长平村电商发展得非常迅速。

然后省委书记走到大门右边，右边的墙壁上挂着的是长平村电商服务基地的核心战略，包括人才战略、渠道战略、产品战略、资本战略、品牌战略、技术战略。省委书记对此非常感兴趣，询问具体都包含了什么内容。

任文天说："人才战略指的是建立国内一流的电商服务专家和人才库。比如我们聘请了国内一流专家，轮流定点来我们长平村演讲培训，一方面给大家带来电商领域最前沿的信息，让大家不用恐慌，另一方面帮助我们的乡镇企业和网络创业人才真正做到互联网转型，用互联网思维武装自己，应对经济环境的挑战。同时我们加强与学校之间的合作，不仅为我们村，还为我镇乃至全省培养高素质电商人才，从而反过来促进乡村振兴。"

省委书记一边听一边点头，他走到摆在大厅门口的品牌展样前停了下来，说："也许大家都不知道，在我来长平村之前，我专门从网上买了我们长平村的这些品牌的产品，每一个品牌都买来看了看。你们知道我发现了什么问题吗？"

听到"问题"两个字，大家头上有些冒冷汗了，不会是真出了问题吧。

省委书记看大家这么紧张，便大笑起来，说："不是质量问题，而是我发现这些产品的包装真是太好看了，我的小孙女拿着那些包装盒爱不释手。你们在设计上还是花了心思的，很能打动消费者，这就是成功的作品。"

听到这些，大家总算松了一口气，原来省委书记说的是产品优点，于是大家都笑了起来。

省委书记继续说："我记得以前我们下乡插队的时候，也经常吃红薯粉，当年我们的红薯粉全是摆在地摊上的，也都很便宜，但是现在我再来买你们自己设计出来的翠山溪流红薯粉的时候，感觉很不一样。怎么个不一样呢？首先，比我想象中的更贵一些，但是买回家之后发现它贵得有道理，包装这么精美就应该这么贵。我认为农产品应该摆脱之前给别人的低端印象，而是通过文案创意产生溢价，这样，才能将农产品的价值真正打造出来。”

任文天听到省委书记这席话异常激动，没想到省委书记对产品这么有研究。

“再加上你们的品牌又是与本地的旅游业完美结合在了一起，这就是对旅游业最大的宣传，拉动旅游业发展。同时当大家来我们长平村旅游的时候，又能在长平村看到那么多的农产品，又是一次对我们农产品宣传的拉动，这样真正做到了旅游拉动品牌，品牌带动旅游，我认为这种模式值得每一个地方学习。非常好。”省委书记最后说道。

这时候大家都鼓起了掌。

省委书记参观完长平村电商服务基地之后非常满意，表扬了长平村村委在乡村振兴工作中表现出来的积极和主动，夸赞镇政府发挥了党员的带头作用，审时度势，抓住了历史的大趋势，造福了一方百姓。他还点名表扬了任文天，称赞任文天年轻有为、敢想敢干，是难得的人才。

任文天被省委书记当场夸赞，一时脸红，不知道该怎么说话了。

省委书记在离开长平村前表示，省委、省政府一定会大力支持长平村电商事业的发展，同时要将长平村电商发展模式复制到全省一些经济落后乡村，帮助他们尽早脱贫致富，最终实现乡村振兴、共同富裕，真正造福老百姓，让全省老百姓过上好日子。

听完省委书记这些话，任文天觉得腰杆子都硬了，跟着大家一起鼓起了掌。

一天的接待工作就这样结束了。虽然辛苦，但也充实。到了晚上，任文天独自坐在办公室看着窗外，突然外面伴着

"哧哧"的声响传来一阵七彩亮光，原来是有人在放烟花。任文天这时候才记起来，今天就是国庆节啊，十一黄金周已经开始了！他很久没回家了。是啊，家里还有老婆和孩子在等着他呢。

他立刻给老婆发了一条微信："亲爱的老婆，现在是秋收的季节，我正在回家的路上，等我！"